JN086282

僕の女を探しているんだ

井上荒野
Areno Inoue

新潮社

僕の女を探しているんだ

井上荒野
Areno Inoue

新潮社

目次

僕の女を探しているんだ

今まで聞いたことがないピアノの音、あるいは羊

秋斗（あきと）はまた何か悪さをしたんだ。

二学期の終業式の日、通信簿をみんなに渡したあとで先生が「大泉くん、ちょっといらっしゃい」と秋斗を呼んだとき、あたしはまず、そう思った。

窓際の列のいちばん後ろの席に座っている秋斗は立ち上がり、あたしの机の横を通って、先生の隣へ行った。こんなときいつもだったら——というのは秋斗はしょっちゅう悪さをして叱られているから——、秋斗は先生の隙をついてさっと振り返ってヘンな顔をしてみせたり、あたしの横を通るときは軽く椅子の足を蹴って合図したりするのに、今日はそのどちらもしなくて、神妙な顔をして歩いていったから、よっぽど悪いことをしたんだ、と思った。

先生は秋斗を自分の横に立たせた。まるっこい体型のおばあちゃん先生の横で、ひょろ

りと背が高い秋斗はいっそうひょろりと見えた。秋斗のお母さんの手編みの辛子色のセーターに、穿き古したデニム。今年の夏から秋斗は、ほかの男子のような半ズボンを穿かなくなった。

「大泉くん、自分で言う？」

先生が言った。秋斗は首を振った。先生は頷き、あたしたちのほうを見てあらたまった顔になった。

「大泉くんは、転校することになりました。来年、四年生の三学期から、東京の小学校に通います。大泉くんがピアノが上手なことはみんな知っているでしょ？　東京の、有名なピアノの先生が、大泉くんがピアノが上手なことはみんな知っているでしょ？

めったに弟子を取らないというその先生が、ぜひ来てほしい、とおっしゃったのだそうです。すばらしいことだと思います。先生もみんなも、さびしくなるけど、大泉くんの旅立ちを、励ましたいと思います」

先生は反応を待つように教室内のあたしたちを見渡した。でもみんな、ぽかんとしていた。もちろんあたしも。先生が言ったことがよくわからない。言葉も意味もわかるけど、わからない。秋斗が転校する？　東京に行く？　すばらしいこと？　来年から秋斗はもう学校に来ないということ？　っていうか、来年からあたしは秋斗に会えないということ？

「大泉くんからもひと言。ほら」

先生が秋斗の背中に手を当てた。秋斗はその手から逃れるように、一歩前に出た。

「というわけなんで。さようならです。みなさん今日までありがとう。アリガト、サヨナラ〜」

最後はカニみたいなポーズを作って秋斗はおどけた。誰かがパチパチと手を叩き、それがきっかけになって、みんなが拍手した。あたしは拍手しなかった。秋斗をにらみつけていた。秋斗はあたしを見ようとしなかった。


その日、あたしは教室の出口で秋斗を待っていた。

あたしと秋斗の家は隣同士で、通学区のいちばん端にある。一年生のときからあたしたちは毎日一緒に登下校していた。ときどき、そのことで――「ラブラブカップル」とか、「夫婦」とか言って――からかう子もいたけれどあたしは気にしなかった。家から学校までの道はひとりで歩くには遠すぎたし、あたしたちは生まれたときからほとんど一緒に育ったようなものだったから。でも、半年くらい前から秋斗は朝、誘いに来なくなったし、帰りは先に行ってしまったりわざと用事を作ってあたしを先に帰らせたりするようになった。何で秋斗がそんなふうになったのかあたしはさっぱりわからなかったけれど、もしかしたら半年前から、東京へ行くことが決まっていたのだろうか。

頭にくることに、秋斗はあたしを無視して通りすぎた。下駄箱で靴を履き替えている間に差がついて、早足で校庭をどんどん歩いていってしまう。あたしは小走りになって追いついた。校門の手前で「なんで逃げるの？」と怒鳴ったら、ようやく振り向いた。

「逃げてないし」

秋斗はいっそう足を早めながら言った。秋斗の青いダウンが、段々畑の間の道をどんどん下っていく。小学校は山の中腹にあって、あたしたちの家がある海辺よりも風がつめたい。

「どうしてそんなに早く歩くの？」

「早く帰りたいんだよ。忙しいんだよ、東京に行くから」

「東京に行くって、いつから決まってたの？」

「ちょっと前」

「ちょっと前っていつ？」

「ちょっと前はちょっと前だよ。いいじゃん、そんなのいつでも」

「よくないよ。なんであたしに教えてくれなかったの？」

「今日、言っただろ」

「東京に行ったら、もう帰ってこないの？」

「たぶん」

「いなくなっちゃうってこと？　永久に？」

「たぶん」

「それなのにずっと黙ってたの？」

「言う義務ないだろ」

ギムという言葉の意味を、あたしはあまりよく理解していなかった。でもそれを、とてもいやな言葉であるように感じた。なぜならその言葉が錘（おもり）みたいになって、あたしの足取りは遅くなったから。その間に秋斗はどんどん先へ行ってしまった。

浜辺にずっと置きっ放しの朽ちかけたボートがあって、その中に誰かが丸めて置いたままの形で固まってしまったみたいな投網がある。あたしは足元の砂を拾って、それに向かって投げつけた。砂はじめじめしていて掌に残った。全部、昨日までと同じなのに、全部が違うものになったみたいで、全部があたしの敵みたいだった。

同じような造りで同じくらい築年数が経っている二階家が、フジツボみたいにくっついて建っている一角に、あたしの家と秋斗の家は並んでいる。秋斗が先に行ってしまってから、あたしはのろのろ歩いていたので、秋斗はきっともう家の中だろう。あたしの部屋と同じく浜辺に面している二階の秋斗の部屋の窓をちらりと見上げたけれど、何の気配もなかった。

あたしは母に通信簿を渡したけれど、秋斗のことは言わなかった。このことについて秋斗以外の誰とも話したくなかったのだ。そして夕食のときにびっくりした。仕事から帰ってきた父——秋斗のお父さんと同じ、水産加工食品の会社に勤めている——の「未月は今日はあまり食べないな」という言葉を受けて、母が「秋斗くんが東京に行っちゃうからでしょう」と言ったからだ。そうしたら父は「ああ、そうか」と頷いた。

「お父さんもお母さんも、知ってたの？」

あたしの剣幕に、ふたりは顔を見合わせた。「しまった」と思っていることがわかった。

「なんであたしにだけひみつにしてたの？　なんで？」

「ひみつにしてたわけじゃないのよ」

母が言い、

「こういうことは、秋斗くんから伝えたほうがいいと思ったからだよ」

と父が言った。伝わってないよ！　とあたしは叫んだ。秋斗が東京へ行くことをあたしに伝えたのは先生だ。秋斗からなんて何も聞いていない。あたしが知りたいことに、秋斗は何も答えていない。

「仲が良かったから、言いにくかったんじゃないのかな」

父が言い、

「もう少し大きくなったら、未月が東京に会いに行くことだってできるわよ」

と母が言った。もう少し大きくなったら。その言葉があたしはきらいだった。小さいときから、何かできないこと、するのを禁止されることがあるたび、「もう少し大きくなったら」と言われてきたからだ。あたしが、秋斗に会いに東京へ行けるくらい「もう少し大きく」なるのは、ものすごく先のことに思えた。そんなに長い間、秋斗に会えないなんて絶対にいやだ。

もちろんあたしは、秋斗とピアノのことは知っている。

秋斗のお母さんはもともと東京の人で、ピアノで「いいところまで行った」らしい。「いいところ」がどこだかはわからないけれど、秋斗のお母さんは秋斗のお父さんと結婚してこの村に来ることになり、その「いいところ」には行けなくなったが、そのかわり「家にピアノを置くこと」を結婚の条件にしたらしい。だから秋斗が生まれたときから、彼のそばにはピアノがあった。秋斗は三歳のときからピアノを弾きはじめた。

こういう話はあたしたちにとって、海坊主とか船幽霊とかと同じ、村に伝わる昔話みたいなものだ。村の人やクラスメートたちとあたしが違うのは、あたしは三歳のときから、秋斗のピアノを聴いて育ったということ。秋斗が彼の家でピアノを弾けば、それはあたしたちの家の薄い壁を通して、あたしの家にもくっきりと聞こえる。秋斗のお母さんがそのことを気にして訪ねてきたことがあったらしいけれど、あたしの両親は気にしないでほしいと答えた（これも昔話）。だから誰よりも――クラスの誰よりも、村の誰よりも、世界中の誰よりも——秋斗のピアノを聴いているのはあたしだ。そしてあたしは、秋斗のピアノの音が大好きで、ピアノを弾くことを秋斗が大好きであることを知っている。

秋斗は毎日ピアノを弾く。毎日、朝ごはんを食べているときと、夜ごはんの後くらいの時間に聞こえてくる。日曜日はもっと聞こえる。でも今夜は、夜ごはんを食べ終わっても、お風呂に入った後も、ピアノの音は聞こえてこなかった。あたしに罰を与えようとしているみたいに。きっとそうなんだろうと思った。でも、何の罰なんだろう？　東京へ行くのを黙っていたことを、あたしが怒った罰？

悪いのは、あたしだろうか。どうしてあたしは怒ったんだろう？　秋斗が東京へ行くことを、あたしがいちばんに知ったって、最後に知ったって、秋斗が東京へ行くことは変わらないのに。いちばんに教えてもらったとしたって、あたしはやっぱり怒っただろう。今と同じくらいに。怒りで頭の中がじんじんしているだろう。どうしてこんなに腹が立つのだろう？　東京のすごい先生に教われば秋斗はもっとピアノが上手になって、きっともっとピアノを好きにもなって、「いいところ」へ行けるのだろう。それは秋斗にとっていいことに間違いないのに。

ベッドに入ってもなかなか寝つけなかった。それでもいつの間にか眠っていたらしい。あたしはハッと目を覚ました。ピアノの音が聞こえた気がして。枕元のカラーボックスの上の目覚まし時計を見ると、午前二時を少し過ぎたところだった。こんな遅くまで秋斗は起きているのだろうか。ポロン。ピアノの音がまた鳴った。秋斗のピアノの音じゃない。聞こえてくる方向が違う。壁の向こうからではなく、窓の外から聞こえる——浜辺のほうから。メロディにはなってない、誰かが気まぐれに鍵盤を叩いているような音。ポン。ポロン。

あたしは起き上がって、そっと窓に近づいた。この辺りには街灯がないから、浜も海も真っ暗だった。月の明かりを映して、波頭がときどき白く見える。窓のすぐ下に、チラチラ動くものがあらわれた。小さな丸い懐中電灯の灯り。秋斗の合図だとわかって、あたしは急いで服を着て、忍び足で階段を降りた。コート掛けからダウンを取って羽織り、ドキドキしながらそっとドアを開ける。真夜中に家を抜け出すのははじめてではなかった。今年、夏休み中に一回抜け出したことがあった。その冒険を「肝試し」とあたしと秋斗は呼んでいた。冒険と言ったって、行き先は決まっていたのだけれど——。

あたしが出てきたことに秋斗が気付いて、砂の上に懐中電灯を向けてくるくる回した。秋斗のそばまで行ったとき、またピアノの音が「ピン」と聞こえた。隠れ家に誰かいる。秋斗が囁き、いる、とあたしは頷いた。あたしたちはそろそろと歩き出した。

あたしの足はふるえていた。でも、秋斗が行こうとしているから、ついていった。秋斗が危ない目にあったらあたしが助けなければならないし、秋斗が何か見つけるなら——きっと動物だ、とあたしは自分に言い聞かせていた——あたしも一緒に見つけたい。それに、今日の学校の帰り、あんなふうに先に行ってしまった秋斗が、真夜中にあたしを待っていてくれたことが嬉しかった。でも、夜の浜はひどく寒かったし、やっぱりものすごくこわくもあって、思わず秋斗の腕を掴むと、秋斗はあたしの手をぎゅっと握った。

「悪い人かな?」

そうじゃないという答えがほしくて、あたしは聞いた。わかんない。秋斗は首を振った。

「でも、ピアノを弾いてる」

あたしは頷いた。

「それにあれは俺たちのピアノだ」

あたしはもう一度、力を込めて頷いた。「俺たちの」と秋斗が言ってくれたことが嬉しくて、それでかなり勇気が出た。

浜の右側に、巨岩が連なる場所がある。波に穿(うが)たれて大小の洞窟ができているのだが、三年前、小学校に入学した年にあたしと秋斗が見つけたのは、特別な洞窟だった。一番大きな洞窟の中が、村の人たちの物置みたいになっていて、手前のほうに使わなくなった投網や浮きや長靴、奥には薪が積んである。あの夏、その薪の向こうに通路があるのをあたしたちは見つけたのだった。通路はもうひとつの洞窟に繋がっていた。そこは巨岩の内部だったが、入口は薪をどかさなければ見えないから、それを知っている人しか入れない。でも、あたしたちより先に、そこに入った人はいるようだった。なぜならそこには、いくつかのものがすでに置かれていたから。学校があるのとは反対側の山の中腹が別荘地になっていて、誰かが別荘を引き払うとか建て替えるとかしたとき、いらないものをここに運び込んだのだろう、というふうにあたしたちは考えていた。難しそうな分厚い本、箱に入った花瓶や壺、いくつかの部品が取れたり割れたりしている大きなシャンデリア、それに、半分砂に埋まった一台のピアノ。

そこが、あたしたちが「隠れ家」と呼んでいる場所だった。その場所は、あたしと秋斗だけのひみつだった。秋斗があたしにそっけなくなる前までは、よくそこで一緒に過ごした。絵を描いたり本を読んだり宿題をしたり、お互いに好きなことをするだけだったけれど、ふたりでそこにいるのはあたしにとって特別な時間だった。

ピアノは、何度か鍵盤を叩いてみたことはあるけれど、音が外に漏れて誰かに聞かれたら困るので、なるべく触らないようにしていた。秋斗が言うには「調律しないと使いものにならない」らしい。今年の夏「肝試し」に行ったのも、そこだった。夜の洞窟はあまりにも真っ暗で、中にいたのは十分くらいだったのだけれど。そういえばあのとき、「もう出よう」と言い出したのは秋斗だった。あたしは自分が、秋斗が一緒にいるせいで、秋斗ほどにはこわがっていないと思って、「秋斗のこわがり」と彼をからかったのだったけれど。そういえばあのとき秋斗は少しへんだった。肝試しのことを言い出したのは彼だったのに、「隠れ家」の中に入ってから、なんだかあまり喋らなくなった。秋斗があたしに少しずつよそよそしくなっていったのは、あのあとからだったのかもしれない――。

あたしたちは顔を見合わせた。最初の洞窟の中に入ってみたら、薪がそのままになっていたからだ。ここから誰かが奥に入ったのなら、薪の一部がどかされているはずだった。奥の洞窟に入ってから、薪を元通りにすることは絶対できない。

そのときまたピアノの音が聞こえた。今度は一音ではなく、かろやかな短いメロディになっていた。あたしたちはもう一度お互いの顔を見、頷き合い、それから秋斗がそっと薪の束を動かした。ぼうっとした灯りがそこから漏れた。さらに秋斗が薪をどかして広がった隙間から、あたしたちはこわごわ奥を覗いた。

男の人がいた。黒いコートを肩にかけて、ピアノに寄りかかり、足を投げ出して座っている。そういうことがわかったのは、火を灯したろうそくが一本、男の人の足元に立っているためだった。身構えていたその人は、あたしたちを見てほっとした顔をした。

「やあ、こんばんは」

彼が口を利いたことであたしたちは飛び上がりそうになったけれど、逃げ出したりはしなかった。理由はふたつあって、ひとつは彼が怪我をしていたこと。投げ出した足の片方――左足――のズボンが捲り上げられて、足首に布が巻きつけられていた。最初は黒い布だと思っていたのだけれど、目が慣れてくると、白い布が血で染まっているのだとわかった。男の人が座ったままでいたのは、立つことがむずかしいくらいひどい怪我をしているせいのようだった。それから、あたしたちが逃げなかったもうひとつの理由は、彼が悪い人でもこわい人でもないことが、ピアノの音を聞いたときよりももっとたしかに、なぜだかわかったからだった。

「あなたたちは、ここの人ですか？」

男の人は、大人に話しかけるみたいな、丁寧な口調で言った。あたしと秋斗は頷いた。

「ここは俺とこの子の洞窟なんだ」

秋斗が言った。あたしはまた嬉しくなって、同時に、その言いかたちょっと感じ悪くない？　とも思ったけれど、男の人はニッコリ笑って「よかった」と言った。

「うん、だから、俺たち以外には誰も来ないよ」

それが言いたかったんだ、というふうに秋斗は言った。

「このピアノもあなたたちのもの？」

男の人は聞いた。秋斗が頷いたから、あたしも急いで頷いた。

「ピアノがあったから、ここにしばらくいることにしたんだよ。ピアノがあると安心するんだ。僕はピアノが好きだから」

「どこから来たの？」

とあたしは聞いた。遠くから。男の人は答えて、洞窟の奥を指差した。そっちには洞窟の壁があって、その向こうは海だ。でも、男の人が指差した瞬間に、壁が揺らいで、周囲の暗さよりさらに闇の濃い通路の入口が見えたような気がした。あたしは瞬きした。それからもう一度見たときには、そこはただの岩のつきあたりに戻っていた。

「何しに来たの？」

秋斗が聞いた。

「人を探してるんだ」

と男の人は答えた。

「大事な人なんだ、どうしても会いたい。どうしても会いに行かなくちゃならない」

誰かが動いたわけでもないのに、ろうそくの炎がふわりと揺れた。あたしは大きく息を吸い込んだ。男の人の顔を見ていたら、なんだか息苦しいような感じがしてきたのだ。

「名前を教えてもらっていいですか？」

あたしの呼吸を助けるように、男の人はさっきみたいにニッコリ笑ってそう聞いた。秋斗。未月。あたしたちはそれぞれ名乗った。アキト。ミツキ。男の人は、小さな子供が言葉を覚えるときのように、繰り返した。あなたは？　と秋斗が聞いた――「あなた」なんて言葉を秋斗が口にするのをあたしが聞いたのははじめてだった――男の人の雰囲気にすっかり呑まれてしまったのだろう。男の人は、あたしたちが耳にしたことのない名前を言った。ジョンヒョク、と聞こえた気がしたけれど、よくわからない。

「……ジョン？」

聞き取れたところだけあたしが言うと、
「うん、ジョンでいいよ」
と男の人は微笑みを深くした。

それで、あたしと秋斗の冬休みは、ジョンとともにはじまった。あたしたちは毎日洞窟に通った——消毒薬や包帯や、水や食べものを持って。夜に家を抜け出すのは親に見つかる危険が大きいと考えて、昼間だけ行くことにした。父と母は、あたしが秋斗と仲直りして、一緒にいられる最後の冬休みにめいっぱい遊んでいるのだと思っているようだった。それで、毎日どこに行っているか詮索されることなく、放っておいてもらえるのは都合が良かった。

怪我にかんしては、お医者に行くべきだとあたしたちは主張したのだけれど、それはできないのだとジョンは言った。傷は「遠くから」来るときに、岩の間に足が挟まって切ったのだという。その深い切り傷を、あたしたちが昼間、彼に頼まれて持っていった針と糸とで、あたしたちが来ない夜のうちに——というのは「僕が泣いてるところを見られたくなかったからね」とジョンは笑いながら言った——、ジョンは縫い合わせてしまった。

傷は快復しているようで、ジョンは少しずつ動けるようになった。あたしたちが持っていったもの——カップ麺（家でお湯を入れてくる）、おにぎり（残りごはんであたしか秋斗が握って持ってくるから、不恰好）、ソーセージやハム（親にバレない程度に少しずつ）、スナック菓子やアイス（あたしたち用に親が買ってくれたおやつ）——は、何でも食べた。口に入れてちょっと不思議そうな顔をすることもあったけれど、飲み込んで、ニッコリ笑った。ジョンと呼んでいるせいもあったけれど、何だか親たちに隠れて犬とか猫を世話しているみたいな気分になった。そういえばこの洞窟を見つけて間もなくの頃、羽が傷ついた海鳥をしばらくの間、ここで飼っていたことがあった。鳥は結局死んでしまって、あたしと秋斗はわあわあ泣いた。あのときあたしは、鳥が死んだことよりも秋斗が泣いていることが悲しかった。

ジョンのおかげで、あたしの秋斗への怒りは保留になっていた。毎日秋斗に会って、話題はジョンのことばかりだったけれど以前のように喋ったり、笑ったり、相談したりしていると、秋斗が東京へ行ってしまうことが本当だとは思えなくなった。でも、それが本当であることもわかっていた。なぜならあたしたちは、その話を決してしなかったから。ときどき、突風が吹いてくるみたいに、でなければお腹が急にシクシク痛み出すみたいに、秋斗がもうすぐいなくなってしまうことを思い出した。秋斗の家族はもうしばらくこの海辺にいるけれど、秋斗だけは学校があるから、年が明けたらすぐに東京の親戚の家に身を寄せることになっているのだと、親たちの話を漏れ聞いてあたしは知っていた。

「ジョンが会いたい人は、ジョンが来ることを知ってるの？」

ある日あたしは、そう聞いてみた。秋斗はピアノの練習の時間だったから、「隠れ家」にはあたしとジョンだけだった。知らない、とジョンは答えた。洞窟の中は外よりは暖かったけれど、今日は気温がぐんと下がって、ジョンは黒いコートを羽織り、あたしはダウンを着たままだった。薪の隙間から届く表の明るさと、細いろうそくの炎が、ジョンの横顔の輪郭を浮き上がらせていた。

「もう会えないと思ってるかもしれない。そういう彼女を想像すると、悲しくてたまらなくなる」

「女の人なんだね」

「うん」

「彼女がいなくなってすぐ、会いたくなった？」

「もちろん」

と言ってから、ジョンは少し考えた。

「でも、彼女に出会った瞬間から、そうだったような気がするよ。少しでも離れていると、彼女のことばかり考えてしまう。目の前にいるときでも、会いたくなった。へんだけどね、そんな気持ちだった」

あたしはジョンが言うことが少しわかる気がした。家にいて秋斗のピアノが聞こえてくるとき、いつからかあたしもそんな気持ちになるようになったから。へんなの、毎日会ってるのに、とあたしも思っていたから。

「ふたりはとても仲がいいんだね」

ある日ジョンがそう言ったとき、あたしも秋斗も黙っていた。ジョンはいつものようにピアノにもたれて、傷の手当てをしていた。あたしはろうそくの灯りのそばで冬休みのドリルをやっていて、秋斗はマンガを読んでいた。

「小さいときからずっと一緒だったから」

黙っているのがいやだったから、あたしは言った。東京へ行くことについて、今、秋斗が何か言ってくれればいいなと思っていたのに、秋斗の口から出たのはひどい言葉だった。

「べつに仲良くない」

秋斗はそう言ったのだ。そしてマンガを放り出して立ち上がり、洞窟を出ていってしまった。あたしは言い返す言葉を思いつかなかった。足がふるえてくるのがわかった。

「ごめん」

ジョンが慌てたように言った。そしてあたしのほうに近づいてこようとしたけれど、あたしは彼を無視して立ち上がった。慰められたくなかったのだ。そうしていることもしばらく気づかないままドリルをぶら下げ、洞窟を出た。秋斗の姿はもうなかった。


翌日は大晦日で、あたしは十歳になった。

日中、「隠れ家」には行かなかった。ジョンのことが気になったけれど、彼にも会いたくなかった。食べるものはまだ少し残っているはずだし、秋斗が行ってるかもしれないし、この頃ジョンはひとりのとき、ときどき洞窟の外に出ているみたいだから。あたしは自分にそう言い訳しながら、家に閉じこもっていた。

父からの誕生日プレゼントはピンク色のトイカメラで、母からは黒いビーズの小さなハンドバッグと、うす赤い色がつくリップグロスだった。カメラは撮ってみたし、ハンドバッグは持ってみたけれど、リップグロスは唇につけてみなかった。なんとなく、そうしたくなかったのだ。十歳になりたくなかったのかもしれない——秋斗にあんなことを言われる十歳になんて。父と母には「とっておきのときにつけたいから」と言い訳した。嘘というわけでもなくて、「とっておきのとき」は、秋斗と一緒のときだと頭の隅で考えていたような気もするけれど、そんなときがこの先、来るとは思えなかった。

その夜は、母が作った誕生日兼大晦日のご馳走を食べ、ケーキも食べて、両親と一緒に紅白歌合戦を見た。あたしは一生懸命、楽しそうに——悲しいことなんかひとつもないみたいに、秋斗が東京へ行くことなんて全然平気みたいに——ふるまった。それで、両親におやすみを言って自分の部屋に入ったとき、すごくいやな気分だった。

ベッドに入っても眠れなかった。部屋の電気を消して、真っ暗な中であたしはずっと目を開けていた。こんなとき、秋斗のピアノが聞こえてくればいいのに。でも何も聞こえなかった。この頃ずっと、秋斗のピアノを聞いていない。隣の家で秋斗がピアノを弾けば、テレビをつけていたってあたしにはいつもちゃんとわかるのに。

秋斗が東京へ行ったら、ケンカしたってしなくたって秋斗のピアノは聞けなくなるんだ。あたしは思う。当たり前のことなのに、ぎょっとする。家の中も外も、あたしがいる世界は以前の世界と変わってしまう。秋斗がいないというだけで。秋斗はそうじゃないのだろうか。東京にはあたしはいない。秋斗は平気なんだろうか。あたしのことなんか、すぐに忘れてしまうのだろうか。

あたしは目を閉じた。そうしたら、涙が瞼から染み出して、自分がべそをかいていることがわかってしまった。あたしは今日、ずっと待っていた。秋斗がお祝いを言いに来てくれるんじゃないかって。プレゼントを届けに来てくれるんじゃないかって。これまで、秋斗は毎年、プレゼントをくれた。お金のかからない、小さなものばかりだったけれど、全部とってある。去年は、蝶の標本をくれた。一羽だけの標本だったけれど、きれいな青い羽のその蝶をこの辺りで見つけるのはとてもむずかしいということをあたしは知っていた。去年は秋斗が誘いに来て、ふたりで「隠れ家」へ行き、そこで秋斗はそれを取り出したのだ。あのときの秋斗の得意げな顔。その記憶は今、杭みたいにあたしの心に突き刺さっていて、そこがズキズキ痛む。秋斗がいなくなったら、この杭はどうなるのだろう。どうしたらいいのだろう。

窓に何かがぶつかった。

小石を当てたような、小さな音。時計をたしかめると、午前零時を過ぎていた。窓に駆け寄ると、懐中電灯をくるくる回す合図が見えた。あたしは心臓を飛び跳ねさせながら、急いで家を抜け出す身支度をした。部屋を出ようとして駆け戻り、スタンドライトをつけて、リップグロスを唇に塗った。ライトを消して、階段をそっと降り、家の外に出てはじめて気づいた——秋斗だとばかり思っていたのだが、合図していたのはジョンだった。

「どうしたの？　秋斗は？」

シーッ、とジョンは唇に指を当てた。

「行こう」

ジョンはあたしの手を取った。浜のほうへ歩いていく。月明かりに波頭がきらめいていた。「隠れ家」の岩が見えるところで、ジョンは足を止めた。

「寒くない？」

「うん」

あたしは頷いた。薄っぺらいコートのジョンのほうが寒そうに見えた。洞窟の外で彼を見るのははじめてだった。すごく背が高い人だったんだなと思った。ジョンが海のほうから視線を移して、あたしの顔をじいっと見るから、どきどきしてしまった。

「きれいだね」

ジョンが自分の唇を触りながらそう言ったから、リップグロスのことだとわかった。あたしは黙って俯いた。きれいだねと言われたのは嬉しかったけれど、ジョンに見せたくて塗ったんじゃなかった。

「昨日はごめんね。僕が無神経だった」

ジョンは言い、あたしは俯いたまま首を振った。月が雲に隠れて、暗闇があたしたちを包んだ。

「でも、アキトがあんなことを言ったのは、ミツキをきらいになったからじゃないんだよ」

すごくきっぱりした言いかただったので、あたしは思わずジョンの顔を見た。

「嘘」

「嘘じゃないよ。アキトはミツキよりほんの少し早く、大きくなったんだ」

「あたしのほうが年上だよ。アキトは早生まれだもん」

ジョンは微笑した。

「アキトはミツキのことがものすごく、ものすごく好きなんだ」

「嘘だよ、そんなの。仲良くなんかないって、言ってたじゃない。ずいぶん前から、一緒に帰ってくれなくなったし、東京に行くことだって、あたしにだけ黙ってたし」

「それは、アキトがミツキを愛してるからだよ」

「愛してるって……大人の人みたいに？」

「うん。アキトはミツキより少しだけ早く大人になったんだ。彼を見てるとわかる。僕にも愛してる人がいるからわかるんだ」

「どうしても会いに行かなくちゃならない人って、その人？」

「うん」

頷いたジョンの顔を、月が照らした。とてもきれいな男の人だと思った。それにすごくやさしそうで、あたしはなぜかまた涙が出そうになった。

「あたしは秋斗のことを愛してないから、怒っちゃったのかな。秋斗が東京へ行くこと」

ジョンはやさしい顔のままあたしを見た。

「ここに羊が一匹いるんだ、まだ小さい羊だけど」

あたしの胸の辺りを指差してジョンは言った。

「その羊が怒ってる。そんな気がしない？」

そう言われれば、あたしの中には、勝手に怒ったり勝手に泣きたくなったりする小さな生きものがいるみたいだった。あたしは頷いた。

「ミツキもアキトを愛してるんだよ」

ジョンは言った。

「今日、誕生日なんだよね。おめでとう」

「えっ、どうして知ってるの？」

びっくりしてあたしは聞いた。

「おいで」

ジョンは再びあたしの手を取った。「隠れ家」に行くのだとばかり思っていたが、洞窟の前を通り過ぎ、巨岩群の裏へと歩いていった。そこには小さな入江があって、明るい月に照らされていた。

波打ち際にピアノと椅子が置かれていた。浜辺に秋斗が立っていた。秋斗は奇妙な顔をしていた。泣き出しそうな顔に見えたし、怒っているようにも見えた。

「隠れ家のピアノ、ジョンが調律してくれたんだ」

秋斗が言った。大きな声ではなかったのに、すぐ横にいるみたいにあたしの耳に届いた。今日はいつもの野球帽を被っていなかった。黒いスーツを着てネクタイまで締めていた。秋斗はちらりとジョンを見た。ジョンが頷く。

「未月、誕生日おめでとう。これからピアノを弾くよ。未月のために。未月だけのために。東京に行ってピアノを弾くときも、いつも未月のことを考える。今までもずっとそうだったんだ。これからもそうする。約束する」

あたしが呆然としていると、秋斗は真面目な顔でぺこりと頭を下げて、ピアノに向かって歩いていった。椅子——重ねた本と板切れとで作られているように見える——に座る前に、こちらを向いてもう一度頭を下げて、秋斗はピアノに向かい、弾きはじめた。

聴いたことのない曲だった。学校や家で、これまで秋斗が弾いてきたのとは違う曲。静かでやわらかい曲。その音は月の光みたいだったし、その光でキラキラ光っている海の水みたいでもあった。今まで秋斗のピアノの音がこんなふうに聞こえたことはなかった。その音はあたしの心の中に潜り込んできて、あたしは思わず胸を押さえた。

あたしはその音を見ていた。聴いていたのではなく、見ていたのだった。秋斗を見ていたのかもしれない。あたしの中でそのときそれは同じことだった。あたしの心の、杭の痛みが消えていった。記憶はまだそこにあった。でもそれは杭じゃなくて、ピアノの音と同じ、静かでやわらかいものになっていた。

愛してる。

声が聞こえた。秋斗の声のようでもあったし、あたしの声のようでもあった。愛してる。あたしは声に出さずその言葉を繰り返した。秋斗の背中がびくりとして、彼は立ち上がった。

あたしはハッとして隣を見た。手を繋いでいたはずのジョンの姿が、いつの間にか消えていた。そして秋斗のほうを見ると、ピアノも椅子もなかった。波打ち際に秋斗だけが立っていて、あたしを見ていて、秋斗のピアノの音だけが、静かにやわらかく、まだ聞こえていた。

亡き人が注文したテント

「和室をお母さんの部屋にしたわよ。一階だし、トイレもすぐそば。いいでしょう」

翠(みどり)が言った。しまった、と私は思った。生返事しているうちに、娘はどんどん話を進めてしまったらしい。

「明日は山に帰るわ」

できるだけきっぱりと、私は言った。え？　娘は、意味がわからないという顔をする。

「この前相談したじゃない。必要なものは、あとから取りに行けばいいって。その手じゃ無理よ。あっちの気温はもう零下でしょ。リハビリだってこの病院に通って、ちゃんとやらなきゃ」

「あっちの病院でもリハビリくらいできるわよ」

「車の運転は誰がするの？」

私は黙り込んだ。それで、娘は言いすぎたと思ったようだった。翠は前の夫との間の娘だった。私が顕一郎（けんいちろう）と再婚したのは彼女が二十四歳のときで、反対はされなかったが、同じタイミングで私たちが移り住んだ山の家に彼女が来ることはこの十八年間で数えるほどしかなかった。気まずそうな表情になったのを見て、今度は私のほうが後悔した。娘にとっては二人目の父親を失ったことより、母親のこれからのほうが重大事なのだろう。

「そうよね、わかった。お世話になるわ」

私はそう言って、翠を安心させた。でも実際には、そうするつもりはなかった。明日、娘が迎えに来る前に、病院を出て家に戻る決心をしていた。

新宿に出て特急列車に乗れば、二時間あまりで山裾の駅に着く。そこからはタクシーに乗った。電車に乗るのもタクシーを使うのも、久しぶりのことだったが、問題なくやりおおせた。朝九時に病院を出て、正午前には別荘地内にある我が家に着いていた。

でも、私はばかだった。家に帰りさえすれば、すべてが元通りになるような気がしていたのだ。顕一郎が「お帰り」と出迎えてくれることすら想像していたのかもしれなかった。家の中は冷え切っていたが、まぎれもなく私たちの家だった。十日前、私が呆然としていて何もできない状態だったとき、東京から駆けつけた翠が片付けたり、必要なものを探したりしてくれたはずだが、それでも、顕一郎がいたときと何かが変わっているということはなかった。玄関横の靴箱の上には、あの日、顕一郎が被って行こうかどうしようか迷った末に置いていったニットの帽子が、彼が置いたそのままのかたちであった。シンクの水切りカゴに伏せてある皿二枚とマグカップふたつは、彼とふたりの最後の朝食で使ったものだった。テーブルの上に出しっぱなしだったのを翠が洗ってくれたのだろう。洗い物は顕一郎の担当で、朝食の後片付けはいつも散歩から帰ってから取りかかることになっていたのだ。私は散歩から帰って片付いていないテーブルを見るのがいやだったから、散歩の前に洗ってよと、いつも顕一郎に言っていた。いつ洗ったって同じじゃないか。顕一郎はそう言い返した。同じじゃなかったわ。私は思う。あなたは結局、洗ってくれなかったじゃないの、と。

散歩の途中で顕一郎は死んだ。連峰に向かって縦に延びているこの別荘地は、どこを歩いてもアップダウンが多い。だからこそいい運動になると、十八年前この地に移住して以来、私たちは毎朝の散歩を日課にしてきた。十年ほど前に顕一郎は初期のCOPD（慢性閉塞性肺疾患）と診断されて煙草をやめたが、その頃から登り坂を歩く速度は私より遅かった。歩調を合わせているつもりでも、考え事などしていると私はつい先に行ってしまうことがあり、あの日もそうだった。ふと振り返ると、五十メートルほどもうしろで顕一郎は倒れていた。私が駆け寄ったとき、顕一郎にはもう意識がなかった。私は、歩数をアプリで記録するために散歩のときには必ず携帯しているスマートフォンで、救急車を呼んだ。

山道で転んで、夫は脳震盪を起こしているようです。そんなふうに説明したが、後から考えれば、その時点で夫はもうこと切れていた。病院に着くと顕一郎はストレッチャーに乗せられたままどこかへ運ばれていき、それから十分もしないで私が呼ばれたときには、彼の顔はすでに白い布で覆われていた。診断は心筋梗塞だった。

夫は荼毘に付されたが、正式な葬儀は東京で行われた。私と顕一郎は再婚とともに、いわば東京を逃げ出して山に隠遁していたわけだが、葬式に呼ばなければならないような関係者は、東京のほうに集中していたからだ。私は娘の車に乗せられて東京へ行き、喪主として通夜と葬儀に参列したが、葬儀の終わりに葬祭場の廊下で倒れてしまった。夫と違って命に別状はなかったが、左手首を折った。そのまま近くの病院に運ばれて手術を受け、入院していたのだった。

ソファに座っていると、歯がガチガチするほど冷えてきた。一月の終わりだった。標高千五百メートルのこの辺りは東京より十度あまり気温が低くなる。手っ取り早く部屋を暖めるために大型の石油ストーブを置いてあったが、私はそれを点けたくなかった。石油ストーブに頼るのは敗北のように思えたのだ。それで、薪ストーブの焚き付けに取りかかった。まだ包帯とサポーターを巻いている左手がうまく使えないこともあったし、留守の間に冷え切った炉内で、焚き付け用の小割の薪はなかなか炎を上げなかった。そもそも小割の薪が少なかった。集めておいた小枝が少なくなってきたので、太い薪を顕一郎がときどき割って、焚き付け用を作っていた——あの日も午後に、その作業をするつもりでいただろう。着火剤はすぐに燃えつき、新聞紙を丸めて火をつけても、部屋中に煙が充満しただけで薪は燃えなかった。私は意地になって薪ストーブと格闘していたが、とうとうあきらめて石油ストーブを点けた。こちらはスイッチひとつで易々と点火する。ボッという音とともにストーブの中に炎があらわれると、私の目は涙で膨らんだ。安心したのではなくて、傷つけられて。

お茶を飲んで落ち着こうと思った。いつもするようにしようと。外出からふたりで帰ってきたときは、たいていはまずダイニングのテーブルでコーヒーを飲んだ。コーヒーメーカーで作れる最少単位が二杯ぶんであることに再び傷つけられながら、二杯飲めばいいと思うことにした。熱い液体が喉を落ちていくと、実際、少しだけ落ち着いて、私はスマートフォンの電源を入れた。朝からずっと切っていたのだ。五分も経たないうちに翠から電話がかかってきた。心配させたことを申し訳なく思いながら、私は電話に出た。もちろん、娘に何を言われても、ここから離れない決心をして。

移動や何やかやで疲れていたはずなのに、その夜はほとんど眠れなかった。
寒かったからだ、と私は思った。キングサイズのベッドはひとりで寝るには広すぎた。体温の高い顕一郎がいれば、布団の中はもっと暖かかっただろう。それに石油ストーブは消すと途端に室温が下がる。薪ストーブは余熱が効くから、就寝時に薪を入れておけば、朝、ここまで冷えることはない。今日は何がなんでも薪ストーブを焚こう、と私は決めた。

とりあえずは石油ストーブに点火し、上着を一枚追加して、昨日結局一杯ぶん残してしまったコーヒーを、小鍋で温め返して飲んだ。ちっともおいしくなかった。明日からもコーヒーメーカーで淹れよう。そして二杯飲もう。二杯飲むと、胃がもたれるのだが、かまうものか。パンを買うのを忘れていたから朝食はコーヒーだけで、一杯だけでも胃がもたれた。飲み終えたマグカップをそのままにして、私は散歩に出ることにした。

玄関のコート掛けの眺めに違和感があった。私の散歩用のコート一着しか掛かっていないせいだ。あの日、顕一郎が着ていたダウンジャケットはどうしたのだろう。救急車の中で脱がされ、そのあとは――翠が持ち帰ったのだろうか。後で聞いてみなければ。いや、電話をするとまた東京へ来いと言われるから、べつの上着を掛けておこう。

散歩コースには二通りあって、登って下ってくる道と、下って登ってくる道とがある。私たちは毎日かわるがわる散歩していた。前回ふたりで散歩したときが登って下る道だったから、今日は下っていくことにする。私はすぐに疲れてくる。きっと、ずっと標高の低いところにいたせいだ。夫と一緒のときだって、雨や雪で数日休んだあとに歩くと、今日は疲れたねと言い合っていた。それに、ひとりだと自然と歩調が速くなるということもあるだろう。もっとゆっくり歩かなければ。

前方からセントバーナード犬を連れた、私たちより少し若い——六十代になったばかりくらいの——夫婦が歩いてくる。定住者ではなく、名前も知らないが、ときどき散歩の途中で会う人たちだ。

「こんにちは」

私のほうから先に挨拶した。こんにちは。どうも。感じの良い挨拶が返ってくる。

「どうなさったんですか、それ」

手首のことを聞かれ、ちょっと転んじゃって、と私は答えた。

「あらあら、それはお大事に。今日のお散歩はおひとりですか」

顕一郎が死んだことを、この人たちは知らないのだ。別荘地内では近所付き合いというものがほとんどない。全戸の一割ほどの定住者の間には連絡会のようなものがあるが、私たちはそれにもかかわっていないので、ほかの定住者をあまり知らないし知られてもいない。十日前、救急車のサイレンが聞こえてなんだろうと思った人はいても、誰かが死んだと——ましてや、南の端の白い壁の二階家に住んでいる老人が死んだと——知っている人はいないはずだ。

「ええ……今日はちょっと」

私は微笑んで、そう言った。知らない人にわざわざ知らせる必要はないだろう。顕一郎がまだ元気でいると思っている人には、いつまでもそう思っていていてほしい。

家に戻ると私はマグカップを洗い、それから大仕事に取りかかることにした。あらためてコートを羽織って、外に出た。

薪は毎年、翌年の用意をしておくので、この冬のぶんがたっぷりあるのはありがたかった。来年どうするかは、あとで考えることにしよう。今はとにかく焚き付けを作らなければ。

電動薪割り機というものがうちにはあった。顕一郎がインターネット通販で買って、これはすごいぞ、と使うたびに言っていた。私は触ったことすらなかったが、電動なのだから使えないはずはないだろう。まずはそれを探し出すところからはじめなければならなかったが——玄関横の丸めたブルーシートの下にあった——、機械の仕組みは単純で、太い薪をセットしてスイッチを入れるとちゃんと動き出した。何よ、簡単なことじゃないの。私は自分に言った。

でも、順調だったのは、しばらくの間だけだった。三本目を割ろうとしたとき、機械がへんな音をたてはじめ、煙が出てきてそのうち動かなくなってしまった。私はコンセントを入れなおしたり、機械をひっくり返してみたりしたが、どうにもならなかった。壊れてしまったのか。顕一郎が使っているときには何も起きなかったのに、私が壊してしまったのか。

涙が浮かんできた。こんなことで泣くなんて。壊れたのなら、新しい機械を買えばいいのよ。私は必死に自分に言った。新しい機械なんか買いたくないのよ、顕一郎が使っていたこれを使って薪を割りたいのよ。私が言い返した。それに機械はすぐに届くわけじゃない。これっぽっちの焚き付けじゃ、なんの役にも立たない。今日もまた薪ストーブが焚けない。無理に動かしていた左手首も痛くなってきた。

「お手伝いしましょうか」

私はびっくりして顔を上げた。いつの間にそこにいたのか、黒いコートを着た青年が私を見下ろしていた。私がぽかんとしている間に、彼はしゃがみ込み、薪割り機を調べた。

「モーターが焼き切れたんですね。直すのは無理だな。その薪を割ればいいんですよね」

私はコクコクと頷いた。涙は引っ込み、かわりに柄にもなくアガっていた。とても美しい青年だったから。それに笑顔がやさしすぎた。

青年はしばらく辺りを歩きまわり、切り株と斧を運んできた。切り株に薪を立て、斧を振り下ろした。コーンと小気味のいい音がして、薪が半分に割れた。それを再び切り株に立て、もう一度斧を振り下ろす。見覚えがある光景だった。そうだ、ここへ来たばかりの頃、まだ五十代だった顕一郎はこうやって易々と薪を割っていたのだった。斧はもちろん、切り株も、夫が使っていたものだった。

「このくらいでいいですか？」

あっという間に焚き付けの山が出来上がり、青年はいくらか息を切らしながらそう聞いた。ありがとうございます、もう十分です。私は慌てて言った。青年の動きに見惚れていたのだ。

　そのあと青年は焚き付けを、玄関の土間まで運んでくれた。上がってコーヒーでもと、誘ったほうがいいのかよくないのか、私が迷っている間に、青年はまるで自分が助けられたほうみたいに、丁寧なお辞儀をして立ち去ってしまった。

　あの青年は別荘地の住人だったのだろうか。登山口が近いが、登山者の出で立ちではなかった。都会から別荘にやって来た人が散歩していて、たまたま通りかかったのだろうか。いろいろ考えてみても、どれもあの青年の佇まいにはそぐわない気がした。

　そんなことを考えながら、私はバスに乗っていた。薪ストーブで家を暖めることができるようになったので、次なる課題は、食料品の調達だった。家の駐車場には古いレンジローバーが停まっていたが、私は運転免許を持っていない。今までは夫が運転する横に座って出かけていた買い物に、これからはバスで行くことになる。どうということはない、と私はまた自分に言った。本数が少ないとはいえ、バスがあるんだもの。停留所がある管理事務所前まで五分ほど歩けばすむことだ。

　ただし、私が行きたいスーパーマーケットへ行くには、バスを乗り継がなければならなかった。私は最初に乗るバスの時間しか調べていなかった。あまり待たずに乗り継げるように、バスのタイムテーブルが作られているに決まっていると思っていた。でも、ここは山の中だった。私は中継地である農場で、二時間近く時間を潰すはめになった。どうにかスーパーに辿り着いて買い物をしたが、帰り道でまた同じ目に遭った。管理事務所に戻ってきたときには日が暮れて、辺りは真っ暗になっていた。

私はパンパンに詰まったレジ袋――なるべく買い物の回数を減らそうとして、たくさん買い込んでしまった――を右手にふたつ提げて、歩き出した。管理事務所から離れるにつれ、どんどん真っ暗になっていった。田舎は東京のようには街灯がない。別荘地内でもそうで、シーズンオフで来荘者が少ない時期は、家々の窓の明かりに頼ることもできない。車で走っていればヘッドライトがあるけれど、徒歩では文字どおりの手探りだった。こんなところで転んで起き上がれなくなったら朝まで見つけてもらえない。五分だ、たった五分の距離だと唱えるようにしながら、私はじりじりと動いた。家までの距離はいっこうに縮まらない気がした。片手だけが重いせいで体がふらつき、小石を踏んで大きく揺らいだ。レジ袋のひとつを取り落としてしまい、私はもうどうしていいかわからなくなって、その場にしゃがみ込んだ。

ぼうっとした小さな灯りが見えたとき、私はまた泣きそうになっていたので、最初、それは自分の涙だと思った。でも、瞬きしても灯りは消えなかった。季節外れの蛍みたいにふわふわとこちらに近づいてきた。灯りは、ロウソクの炎で、それを持っているのはあの青年だった。こんばんは。青年は、昨日と同じように礼儀正しく頭を下げた。

「大丈夫ですか」

青年は私のほうにロウソクを差し出した。ガラスの器の中にロウが流し込まれたもので、エキゾチックな甘い匂いがした。

「いい匂いね」

「アロマキャンドルというものです」

青年がちょっと得意げに、少年が新たに覚えた昆虫の名前でも口にするように言ったのが可愛らしかった。

「あなたは誰なの？」

と私は聞いた。青年が答えた名前を、私はよく聞き取れなかった。

「リ……何さん？」

「リさんでいいですよ」

青年は地面にアロマキャンドルを置いて、落ちたときに転がり出たものを探し出し、レジ袋を元通りにしてくれた。そしてふたつとも自分が持って「帰りましょう」と私に言った。

私たちの家は緩やかな斜面の上に建っている。

斜面の下には細い小川が流れている。リビングのカーテンを閉めようとして、私はどきっとした。その川岸にテントが設営されていたからだ。内側から照らす灯りが、闇の中にテントを浮き上がらせている。

コートを羽織って家を飛び出そうとして、ふと思いつき、納戸にストックしてあるワインの中から上等な白ワインを一本選んで手に持った。斜面には川に降りられるように緩い段差をつけてあり、危なげなく歩くことができた――テントとリビング両方から灯りが漏れているせいだとそのときは自分を納得させていたが、後から考えれば、夜の闇の中でそんなふうに足元があかるいというのは奇妙なことだった。

私がテントの前まで来ると、待っていたかのようにあの青年が顔を出した。やっぱり、と私は思い、嬉しく思うのと同時に微かにがっかりしていた。あらわれるのは顕一郎であるような気がしていたのだ。あそこにテントを張って一晩過ごしてみたいなあ。ここ数年、子供みたいにそんなことを言っていたから。そして実際にテントを買っていた。そう、買っていたのだ。そのことを私はあの日、彼から聞いていた――。

「こんばんは。一緒に夕食をいかがですか」

青年は言った。喜んで、と私は答えて、持ってきたワインを差し出した。青年は、そのボトルをしげしげと眺めた。

「ソー……ニヨン……ブラン……。このワインはソーヴィニヨン・ブランですね」

青年は顔を輝かせた。

「お好きなの？」

「はじめて飲みます。でも、きっと好きです」

青年は私に、折り畳みの椅子に座るようにすすめた。夫が始終めくっていた、アウトドアの専門誌に同じようなものが載っていた。石で作った炉で、いつのまにか大きな火が熾っていた。青年はそこに網を置いて、貝を並べた。蛤のようだった。私たちは貝が口を開けるのを待ちながら、ステンレス製のマグカップで白ワインを飲んだ。顕一郎はまさにこういうことがしたかったのだろう、と私は思った。

「とてもおいしいです」

青年は白ワインの感想を述べた。ソーヴィニヨン・ブランに、何か特別な思い出でもあるのだろうか。そんな表情だった。

「僕らの国では、貝は地面に並べて、ガソリンをかけて焼くんです」

蓋が開いた貝の中に醬油を回しかけながら青年は言った。網に落ちた醬油が焦げて、いい匂いが立ち上る。

「あなたは何をしにこの国に来たの」

私は聞いた。大事な人を探しに、と彼は答えた。

「ここはとてもいいところですね。こんなところで、彼女とふたりで暮らしたいです。それが僕の夢なんです」

青年は箸を器用に使って、鍋の蓋のようなものに貝をのせて私に渡してくれた。私たちはしばらく無言で貝を食べることに集中した。熱くて、貝の濃い汁気がたっぷりで、すばらしくおいしかった。ひとつ目を食べ終わると、青年は貝の殻の中に小瓶の酒を注いだ。匂いからすると焼酎のようだった。強い酒だろうとも思ったが、貝の汁と合わさったそれは極上のスープみたいに体に染み渡った。私たちはワインを飲み、貝を食べ、貝の殻に入れた焼酎を飲んだ。体の外も内側もぽかぽか温まってきた。

酔いを紛らわすように私が空を見上げると、青年もそうした。よく晴れていて、無数の星が瞬いていた。東京ではこんな星空は見られない。ここへ来た当初は、顕一郎と毎晩のように星を見て、きれいねえ、ここへ来てよかったなあと言い合っていた。ここ数年は夜、星を見るためにわざわざ外に出るようなことはなくなっていた。いやよ、寒いわ。秋に私はそう言って彼の誘いを断ったのではなかったか。

「愛する人とここで暮らしているあなたは、幸せですね」

青年が言った。

「もういないのよ。死んでしまったわ。私はひとりなの」

私は青年の間違いを正した——愛する人がまだ生きていたなら、薪割りのときもバス停からの道も、私は彼と一緒のはずだったのよ、と胸の中で言いながら。

「いますよ、彼は」

と青年は言った。

「ここに」

と彼は私の胸に指先を向けた。

「あなたが会いたいと願えば、きっと会えます」


その晩はよく眠れた。

もちろん、酔っていたせいもあるだろう。何時にどうやってここまで帰り着いたのか覚えていなかった。自分のベッドであることはたしかだったが、この前の夜のような寒さはまったく感じなかった――まるで、顕一郎が同じベッドに寝ているみたいに。実際、私は朝目が覚めたとき、夫が傍にいることを信じて疑っていなかった。私は目を閉じたまま、その感触を味わった。ずっとそのままでいたかった。

電話が鳴った。きっと娘だろう。放っておくと切れたが、間を置かずまた鳴りはじめた。私は渋々目を開け、ナイトテーブルの上のスマートフォンを取った。「小此木聡子」という名前が出ていた。夫の前妻の名前だ。葬儀の日に十八年ぶりに再会し――顕一郎と彼女がまだ夫婦だった頃、私は家事ヘルパーとして彼らの家に通っていた――、「今後連絡する必要があるかもしれないから」と彼女から言われて、電話番号を交換していたのだ。

「遺言状がどこかにあるはずなのよ」

ほとんど前置きもなしに彼女は切り出した。

「自分が死んだら、本の著作権はあなたじゃなくて私に継承させるって、あの人約束したのよ。そういうことが書いてある書状があるはずなんだけど、探してくださらないかしら」

そんな話は生前顕一郎から聞いたことはなかった。顕一郎は時代小説を書いていた。シリーズものは毎年コンスタントに売れていて、死後は先細りになるとしても、蓄えや年金のほかに幾らかの足しになるだろう、と彼から聞いたことはあった。

「書状がなかったとしても、あなたの立場として、道義的にそうするべきじゃないかしら」

最終的に彼女はそう言って電話を切った。遺言状というよりその最後の科白を言うための電話であったように思えた。私は突然寒さを感じた。さっきまでの温もりはあっさりと失われていた。彼女が本気で著作権の継承者になることを望んでいるなら、そうしていい。ただ、彼女への罪悪感を、これまで私は顕一郎と共有していたのだった。彼がいなくなった今、ひとりでそれを抱えなければならない。

薪ストーブに薪をくべる前に、私はリビングの窓から外を見た。テントはもうなかった。

青年の姿も。もちろん私は、彼と何の約束もしていない。彼には探している人がいるのだ。私なんかよりずっと大事なその人に会うために、私にさようならを言うことすら思いつかず、夜のうちにこの地を立ち去ったのかもしれない。私はひとりぼっちだった。顕一郎が死んでからはじめて、そのことが痛切に意識された。

車の音が聞こえたのは、レンジで温め返したごはんとインスタント味噌汁でぼそぼそ昼食を食べているときだった。翠の車だったから、私はがっかりするとともに――この期に及んで、何か自分を救ってくれるものがあらわれることを期待していたのだ――猛烈に腹を立てた。無理やり連れに来たとしか思えなかった。私は昼食を放り出して勝手口から家の外に出、まだ車の中にいる娘に気づかれないように敷地から逃げ出した。

外はひどく寒かった。そのうえコートを羽織ってくるのを忘れてしまった。冷たい空気で溺れるような心地になりながら私は早足で坂道を登っていった。背後で「お母さーん」と呼ぶ声が聞こえた。歩き出したところを見られてしまったのかもしれない。お母さーん。お母さーん。私は声に追い立てられた。

ここだった、と不意に気づいた。顕一郎が倒れていることに私が気づいたのはこの道のこの辺りだった。いや違う、私は気づいていたのだ、夫がひどく遅れていることに。私はあのとき、物思いに耽っていたわけではなかった、顕一郎に腹を立てて、どんどんひとりで坂を登っていったのだ。顕一郎が、テントを注文したと言ったから。それが取り寄せ品とかで、届くのが数日後か一週間先なのかわからない、だから週末に予定していた温泉行きをキャンセルしてくれないか、などと彼が言い出したから。私は彼の肺が健康ではないことを知っていたのに、あの朝、彼の歩調に合わせなかった。わざと彼を置いていった。顕一郎は私に追いつこうとして、無理をしたのかもしれない。そのせいで彼の心臓は止まったのかもしれない。

展望台に私は着いた。ここはこのコースの、折り返し地点だった。東屋ふうの屋根の下にベンチがひとつ。ここに腰掛けてつかの間休憩し、それからまた歩き出したものだった。展望台といっても向かい側の切り立った山が見えるだけの場所だった。落下防止のために柵ではなくロープが緩く張ってあった。そこから体を乗り出すと、下方の谷川が張り出した枝の合間に小さく見える。お母さーん。声が近づいてくる。私は娘がパートナーと暮らしている家には行きたくなかった。私はここにいたい。顕一郎といたい。この十八年間、その前の、彼と許されない恋をしているときも、私の願いはそれだけだった。

私はロープを跨いだ。こんなロープ、本気でここから飛び降りようと思っている人間にとっては意味がないよな、と顕一郎がよく笑いながら言っていたロープ。同時に娘が展望台に到着した。お母さん！　何やってるの！　娘の声に押されるように、私は飛んだ。

私はひとりではなかった。誰かが私を抱きしめていた――枝や、冷たい空気から守るように。顔を上げると、あの青年だった。青年は私の頭をそっと手で包んで、自分の胸に押しつけた。「俺はここにいるよ」という顕一郎の声が耳元で聞こえた。もう一度顔を上げると、私を抱いているのは顕一郎だった。

夫との様々な思い出がよみがえった。はじめての出会い、諍い、この地へ来た最初の夜、笑顔、不機嫌な顔、謝ろうとしているときの少年みたいな顔。交わした無数の言葉。

「俺は、まだここにいたい」

顕一郎は私を抱きしめる腕に力を込めた。

「まだ生きてくれ。そして俺を思い出してくれ」

「勝手なのね。ひとりでさっさと死んじゃったくせに」

「ごめん。でも、生きてほしい。旨いものを食べてほしい。きれいな景色を見てほしい。誰かと知り合ったり、知らないところへ行ったり、あたらしいことをはじめてほしい。それで、ときどき俺のことを思い出してほしい。思い出して、笑ったり、呆れたりしてほしい」

「あなたったら……」

「約束して」

青年が言った。私を抱いているのは青年だった。私は頷いた。

「お母さん」

娘の声に私は目を開けた。

私は自分のベッドにいた。ひとりきりだったが、寒くはなかった。私は胸をそっと押さえた。

「苦しいの？　大丈夫？」

「大丈夫」

私は翠に微笑みかけた。顕一郎が死んでから、娘にこんなふうな笑顔を見せたのははじめてだった。娘はちょっと驚いたふうに笑顔を返して、「呼び鈴を押しても出てこないから、心配したのよ」と言った。

「ちょっとお昼寝してたのよ」

私は娘と一緒に階下に降りた。今着いたの？　と聞くと、そうよ、と娘は答えた。さっき放り出したままだったはずの昼食の食器は、洗って水切りカゴに伏せてあった。私は自分と娘のために二杯ぶんの粉をコーヒーメーカーにセットした。

ダイニングの横に、大きなスーツケースが置いてあった。私の視線に気づいた翠が、「私、しばらくここにいるから」と言った。

「お母さんのことが心配だけど、お母さんがここにいたいなら、私がこっちに来るよ」

「そんなことして、あなたの生活は大丈夫なの？　デビッドはいいの？」

私は、娘のパートナーのことを聞いた。問題ないと娘は答えた。パソコンさえあれば自分の仕事はどこでもできるし、そうしたほうがいいとデビッドは言っているし、もしかしたらデビッドも休暇を取ってやってくるかもしれないし、と。

「あまり長くいるとデビッドが寂しがるから、しばらくの間だけ。お母さんがもう大丈夫だとわかったら、東京に戻るから。いいかしら」

「うん。ありがと」

私はちょっと照れながら、頷いた。強がっていた自分が、娘の申し出を嬉しがっていることが恥ずかしかったのだ。

呼び鈴が鳴った。娘が玄関へ行き、「何これ？」と言いながら宅配便で届いたらしい大きな長細い箱を運んできた。宛先は夫の名前になっている。品名も書いてあった。

「テントだわ。顕一郎さんが注文してたの。取り寄せ品だったから、今頃届いたのね」

「彼が……」

娘がチラリと私を見た。泣き出すのではないかと心配したのだろう。だが私はもう泣かなかった。

「下の川のそばにテントを張って、星を見たりしたかったらしいわ」

私は笑いながらそう言った。

「いいね、それ。あ、私このテントで寝ようかな」

「一晩くらいならお母さんも付き合うわ」

それで私と翠は、どちらからともなく窓辺へ行って、川を見下ろした。青年のテントはやはりなかった。その代わりに夫が買ったテントがうちにやってきたのだろう。

彼は誰だったのだろう、と私は思った。娘に話すつもりはなかった。もちろん、彼と一緒に飛んだことも。話したところで、夢を見たんでしょうと言われるだけだろうけれど。でもあれは夢ではなかった。私はそのことを知っていた。そうして、彼が彼の大事な人に会えますようにと祈った。

「なんか思ったより元気そうだね、お母さん」

「だから言ったでしょう、大丈夫だって」

「ちょっとこれ、開けてみてもいい？」

娘はテントの梱包を解きはじめた。

静かな、もの悲しい、美しい曲

狭くて急な階段を降りていく途中で、僕は立ち止まった。

間違って、べつのビルに入ってしまったような気がしたのだ。まさか、そんなことがあるわけない。いくら僕が間抜けでも、自分の職場があるビルを間違えたりはしないだろう。実際、それはいつもの階段だった。違う場所のように思えたのは、ピアノの音のせいだった。静かな、もの悲しい曲が、すすけた壁や埃っぽい階段を、うす水色の水彩で塗り替えるように聞こえていた。店にピアノはあるのだが、弾く人はいなかった。誰が弾いているのだろう。僕は少なからずどきどきしながら、バー「涙」のドアを開けた。

ピアノの前に、白いシャツの男が座っていた。僕は彼の後ろをそろそろと通り、カウンターの中に入った。だれ？　声を出さず、唇の動きだけで、健太（けんた）ママに聞いた。ふらっと入ってきたの。ピアノを弾かせてほしいって。いい男だったから雇っちゃった。健太ママは百キロ超の巨体を小さくふるわせて答えた。

男は僕らが小声で話していることにも、僕が店に入ってきたことにも気づいていないみたいに弾き続けていた。彼のピアノを聴いていると、店の中もなんだかいつもの店ではないように感じられた。僕は五年前の、ちょうど今頃の早春の日のことを思い出した。高校の卒業式のあと、クラスメートを呼び出して想いを告白した日のことだ。いつも学校の帰り、彼と漫画を回し読みしたりゲームをしたり、どうでもいい話をしてゲラゲラ笑ったりしていた公園で、彼が来るのを待っているとき、辺りの風景はやっぱり、それまでの公園とは違ったものに見えた。風の感触も肌に感じる空気の温度も、土や木や鉄棒の色も、べつの場所――いっそべつの星に来たみたいに感じられたのだった。その後、「悪いけど無理」という言葉と、それこそそれまで見たこともなかった嫌悪の表情とで僕は手酷くふられて、暗黒の日々を過ごすことになる――というか、その日々は今も続いている気がする――のだが。

演奏が終わった。男は鍵盤の上にあった手を膝の上に置き、しばらく放心しているように見えたが、やがて立ち上がってこちらを向いた。僕らを見てちょっと驚いたような顔になった（実際のところ、僕が入って来たことには気づいていなかったのだろうし、なんなら健太ママがいることも、自分が健太ママに頼んで雇ってもらったことすら忘れていたような顔だった）。僕は僕でびっくりしていた。健太ママが「いい男だったから」と囁いたときに想像していたよりずっと、とんでもなくずっと、いい男だったから。涼しげな目元、すっと通った鼻梁。上背は百九十センチ近くあるのではないだろうか。スレンダーだが鍛えていることが服を着ていてもわかる。

健太ママが、短い手を猛烈に動かしてパチパチ拍手をした。僕もそれに倣った。男は、ちょっとはにかんだように微笑んで、ぺこりと頭を下げた。

「純(じゅん)です」

と僕は言った。ジュン、と男は繰り返して頷き、自分の名前を言った。「リージョンヒョク」というふうに聞こえた。

「リーちゃんね」

と健太ママが、彼の呼び名を決定した。

僕が「涙」でバーテンダーとして働くようになって、二年になる。

高校を卒業してからいくつかの職についたが、どこも長続きしなくて、結果、ここにいる。二年というのは僕にとっては最長記録で、たった二年が最長なんて情けないことではあるが、この店がこれまでのどの職場よりも居心地がいい、ということでもある。僕も最初はこの店の客だった。おっかなびっくりドアを開けて、カウンターの端でひとりひっそり飲んでいた僕に、うちで働いてみないかと健太ママが声をかけてくれたのだった。

「涙」はもともとは、健太ママがパートナーとふたりでやっていた店だった。ピアノはそのパートナーが弾いていたらしい。現在五十二歳の健太ママより二十三歳年上だったという彼は、僕が「涙」を知る数年前に病死していた。以来、誰にもピアノを触らせなかった健太ママが、ひょっこりあらわれた見も知らぬ人間であるリーには演奏を許したわけだった。どうして？　と僕は聞かなかった。僕が健太ママの立場でも、そうするだろうと思えたから。

リーと健太ママとの間にどういう雇用契約が結ばれたのかは聞かなかったが、僕らが開店準備をはじめると、リーもカウンターの中に入ってきて手伝ってくれた。最初は勝手がわからない様子だったが、すぐに要領をつかみ、パントリーから酒を運んできたりグラスを磨いたりしはじめた。逆に僕のほうがアガってもたもたしてしまった。リーの身ごなしは、狭いところに男が三人——百七十五センチ六十キロの僕がいちばん小柄だ——詰め込まれていることを感じさせなかった。

「純ちゃんたら、うっとりしちゃって」

と、健太ママがひやかした。

「自分こそ」

と僕は言い返した。

「どうしてうっとりするんですか」

ガラスのジャーの中に、真剣な表情でミックスナッツを詰めていたリーが聞いた。僕とママは顔を見合わせて吹き出した。

「自分がイケメンだってこと、わかってないの？」

僕は言った。リーは首を傾げた。どうやら「イケメン」という言葉の意味がわからないらしい。

「誰でも、君の思うままになるんじゃないの？　そんなにカッコいいと」

僕は幾らかの——いや、かなりのだ——嫉妬を込めて言った。するとリーは眉をひそめて首を振った。

「思うままになんか、ならないよ。いつも思いもしない反応が返ってくる」

「あら。それ、誰の話？」

健太ママが口を挟んだ。

「僕の好きな人」

「女ね」

「女だね」

僕と健太ママは頷き合った。彼はヘテロだろうという気はしていた——早々にわかってしまってちょっとがっくりしたが。

「いつも混乱するんだ——彼女は、僕の思いもかけないことを言ったり、やったりするから」

「振りまわされてんのね。リーちゃんを振りまわすなんて、いいタマね」

「いいタマ」

リーは健太ママのその言葉が気に入ったようだった。

「どこにもない、すばらしいタマなんだ。振りまわされて、こんなところまで来てしまった」

「涙」は、カウンターがメインの細長い店だ。片方の端に、詰めれば六人座れるテーブル席がひとつ、そしてもう片方の端にピアノがある。酒のほか、食べものは乾きものとゆで卵と、健太ママがカレールーの箱のレシピ通りに作るポークカレーのみ。開店は午後七時。ふりの客や間違って入ってきてしまったような客が帰ったあと、午後十時を過ぎた辺りから、常連客で埋まりはじめる。

営業がはじまると、リーはずっとピアノを弾いていた。常連客は彼を見てびっくりして、健太ママにあれこれ聞いたが、健太ママはほとんど何も答えられなかった——僕に説明した以上のことは知らなかったのだ。といって、リー本人に直接質問しようとする者もいなかった。演奏中のリーは犯しがたい空気を纏（まと）っていた。最終的に、客たちも、僕も健太ママも、いつもよりずっと口数が少なくなって、リーのピアノを聴くというよりも息を詰めて眺めているような夜になった。

午前一時過ぎにシゲルさんが来た。僕が待ち焦がれていた人だ。同時に、来なければいいのにと思う人でもあった。シゲルさんがあらわれない夜、僕はひどくがっかりしながら、同時にほっとしてもいる。僕にとってのシゲルさんというのは、そういう人だった。

いつもそうであるように、シゲルさんはスーツ姿で、ひとりだった。会社の飲み会の後、二次会にも出て、場合によっては男の同僚たちと一緒にキャバクラとかソープとかにも寄って、その後で気が向けば「涙」に来る。僕がそれを知っているのは、シゲルさんが僕の反応を楽しむために、僕に話すからだ。シゲルさんはリーに気づくと、しばらくジロジロ見ていたが、やっぱりリーに話しかけたりはしないで、カウンターに来た。

「いいもの揃えたね」

とシゲルさんが健太ママに言ったのは、リーのことらしかった。健太ママは「いい男でしょ」と言い直した。シゲルさんはリーをモノ扱いしながら、一方で少なからず動揺していることが僕にはわかった。今までは「涙」に来る男の中でシゲルさんが一番、少なくともビジュアルにかんしては「いい男」だったからだ。

シゲルさんはすぐに、顔見知りの常連たちと話しはじめた。いつもはクールな彼が、今夜は自分から話題を振ったりジョークを言ったりするので、カウンターの面々は戸惑いつつも次第に盛り上がりはじめた。そうやってシゲルさんがリーに対抗しているのはあきらかだった。そういうシゲルさんはあまりカッコよくなかった。でも、シゲルさんがそういう人だということは、僕はもうとっくに気がついていたのだ。気づいている自分に気づかないふりをしていただけだった。僕はシゲルさんと何度か寝たことがあった。はじめて寝たとき以来、それまでの僕に輪をかけて、だめな、馬鹿な、情けない奴になってしまった。

シゲルさんが来たせいで、僕の意識はしばらくリーのピアノから離れていた。気がつくとピアノの音は止んでいて、リーの姿は消えていた。この店には控え室のようなスペースはない――どこに行ったのだろう？　ドアを開けて出ていったとしか考えられないが、重い鉄のドアは僕の正面にあって、僕はいつでも「いらっしゃいませ」や「ありがとうございました」を言う準備をしているのに、リーのときだけ気がつかなかったというのは不思議なことだった。

「悪いことしちゃったな」

僕同様に、リーがいないことに気がついたらしいシゲルさんが、そう言ってニヤニヤした。きっと「勝った」とでも思っているのだろう。その顔を僕にも向けた。

「純にも、悪かったな」

「え。なんで。べつに」

僕はへどもどし、シゲルさんと常連客たちは笑った。僕がここで彼らから注目されるのは、笑われるときくらいだ。

午前三時過ぎ、シゲルさんは、常連客ふたりとともに席を立った。いつものように支払いは彼が持った（シゲルさんはいい会社に勤めていて、金回りがいいのだ）。僕が会計をした――ドキドキしながら。シゲルさんは僕の心の中なんかお見通しだという顔で、すくい上げるように僕を見て、「今日、来いよ」と囁いた。瞬間、僕の頬は熱くなった。僕は頷いた。

「涙」の営業は午前四時までだ。なかなか帰らない客もいて、彼らを見送り、後片付けをして店を出たのは五時前だった。

僕は自転車を飛ばした。「涙」からシゲルさんのマンションまでは、自転車で十五分あまりだ。小雨が降り出していた。雨は沈丁花の匂いがした。

十五階建てのマンションの前に着き、自転車を停めて、エントランスで彼の部屋番号を入力してインターフォンを押した。応答はない。寝入っている可能性もある。何度か押したが、だめだった。僕はマンションの横に回って、十階の彼の部屋を見上げた。明かりは点いていなかった。寝入ってしまったにしても、僕が来ることがわかっているなら、真っ暗ということはないだろう。彼はまだ帰ってきていないのだろう。僕はそう判断した。

僕はエントランスから自転車を引っ張ってきて、マンションの横に戻った。正面にいると住人から不審に思われるだろうから。ゴミ置場の壁にもたれて座った。こういうことははじめてではなかった。以前にもここで待っていたことがあるし、日曜日のデートに誘われて、駅前で待ちぼうけを食わされたこともあった。たぶんシゲルさんは、一緒に「涙」を出た常連ともう一軒どこかに行ったか、場合によっては誰かとしけこんだのかもしれない。僕を誘ったことは忘れたか、思い出しても気にならなかったのだろう。シゲルさんにとって僕はその程度の相手なのだ——というか彼は、僕がその程度であることを僕に知らせるために、僕に声をかけているのかもしれなかった。僕は彼のスマートフォンの番号を知らなかった。教えてよ、と言うことさえできないままだった。

雨足が強くなってきた。僕はパーカのフードを被って、待ち続けた。体が冷えてきた。なんで待つんだろう、と考えた。僕のことなんかちっとも好きじゃない、ひどい男なのに。——僕は彼に抱かれたいのだ。それが待っている理由だ。セックスしている間は、少なくとも彼の関心は——それがどんな種類のものであれ——、僕に向けられているから。そのときだけだとしても、僕に関心を向けてくれるのはシゲルさんだけだ。もちろん健太ママはやさしい。でも彼は僕を求めていない。彼にとって僕は拾った猫みたいなもので、そういう対象にはならないのだ。僕はやっぱり求められたい——つかの間の性欲の処理のためだけだとしても。

体が冷えきり、歯の根が合わなくなってきた。空はもう白みはじめている。今日が日曜日だということを思い出した。今日、シゲルさんは仕事がない。誰かとどこかに泊まることができるわけだ。今日の夕方かへたすれば夜になるまで戻ってこない可能性もある。

それでも僕は動かなかった。シゲルさん、あるいは僕のことがきらいで僕を苛めたくてしかたない神様みたいなものが、僕がどこまで耐えられるか試しているんだろうという気がした。たぶん僕があきらめて自転車に跨り、このマンションに背を向けるのと同時に、シゲルさんは帰ってくるんだろう。

立ち上がったのは、ピアノの音が聞こえたせいだった。気のせいか？　いや、聞こえる。リーのピアノだ。なんでこんなところで。僕は自転車を押して、音のするほうへ歩き出した。通り沿いに小さな公園があって、音はそこから流れてくるようだった。ベンチがふたつあるだけのその場所に、もちろんピアノは置かれていなかった。ただ、片側のベンチに、リーが座っていた。白いシャツの上に黒いコートを羽織って、組んだ足の上で頬杖をつき、僕を見ていた。悲しそうな表情に見えた。

ピアノの音はもう止んでいた。そのことが、僕にはあまり不思議に感じられなかった。リーは立ち上がり、コートを脱ぐと僕に着せかけた。

「帰ろう」

とリーは言った。

「君が寒いよ」

「大丈夫」

リーは僕の自転車に跨った。後ろに乗れ、ということらしい。僕はそうした。リーは走り出した。彼が僕に何も聞かず、僕のアパートの方向へ向かっていることも、なぜか不思議ではなかった。段差で自転車が揺れて、僕の顔が彼の背中にぶつかった。僕はそのまま、少しずつ、彼の肩甲骨の間に顔を埋めた。薄いシャツを通して、リーの体温が額や頬に伝わってきた。リーからも沈丁花の匂いがした。


薄日が差している。

それは万年床のしわくちゃのシーツの上に、ぬるい水のように溜まっている。僕は目をこすりながら、枕元のスマートフォンに手を伸ばした。十一時半。たいへんだ。飛び起きた。

急いで身支度を済ませ、水を一杯飲んで、部屋を出た。自転車に跨る。アパートの駐輪場には屋根がなく、サドルはまだ雨で湿っていたが、気にしているヒマもない。リーとの約束は正午だった。

待ち合わせ場所は、いつか僕がシゲルさんにすっぽかされた駅前だった。雨が上がった日曜日、そこにはすでに人待ち顔の数人が立っていたが、その中にリーの姿はなかった。もう十二時を八分過ぎている。僕が来ないと思って帰ってしまったのか。そもそもリーは来なかったのか。空が一気に暗くなったような気分で僕は立ち尽くした。

今朝方、リーは僕をアパートの前まで送ってくれた。今日は休みだね。別れ際にリーがそう言ったから、僕は勇気をふりしぼって彼をデートに——「よかったら、一緒にごはん食べない？」という言葉だったが——誘ったのだ。彼は了解してくれた。でも、その場凌ぎの了解だったのだろうか。

そういえば——と、僕は思い出した。リーは僕の自転車に乗って帰ったはずだ。アパートに着いたとき、まだ雨が降っていたから、これに乗っていってくれよと僕は自転車を彼に貸したのだ。月曜日、店に戻してくれればいいからと。そして僕は、自転車を漕ぐ彼の後ろ姿を見送った。それはたしかだ。だが、自転車はアパートの駐輪場にあった。どういうことだ？　リーはあれから自転車を返しにきたのか？　いや、ちょっと待て。考えるべきことはほかにもある。僕は彼をアパートに招き入れるべきではなかったのか。もちろんやましい目的からではなく、人の常識として。せめて部屋に戻って傘を持ってくるべきだった。なんでそこに気がつかなかったんだ。僕ってやつは本当にだめだ。リーはきっと呆れたんだ。もう僕には関わりたくなくて、さっさと自転車を返しにきたんだろう。もちろん今日のランチになんか、来る気にならなかったんだろう。

「純！」

僕は顔を上げた。ロータリーの向こうからリーが走ってくる。笑顔で、手を振りながら。黒いコートをはためかせて。

「待たせたね。申し訳ない！」

リーは僕の前まで来ると、深々と頭を下げた。

「大きなスーツケースを引いてる人がいて……バス停がわからないと言うんで、一緒に探してたんだ。約束の時間までには戻れると思ったんだけど、僕もよくわからなくて、人に聞いたりして……結局、駅の反対側だった、本当にごめん」

「全然、いいよ」

僕は笑いながら言った。安心したのと、リーが一生懸命説明する様子と、リーがいい奴すぎることがおかしくて。

僕らは牛丼屋に行った。リーが食べたがったからだ。どうやら今まで食べたことがないようだった。時分どきだったのでカウンターは満席で、テイクアウトすることにした。牛丼大盛りと玉子をふたつ。リーは「これで足りるかな」と千円札を出したが、それは目下の彼の全財産に思えた。奢るよ、と僕は言った。

僕らは自転車を押して——明け方はともかく、日中のふたり乗りは警官に呼び止められる危険があることを、僕はリーに説明した——公園まで歩いた。今朝の公園ではなくて、もっと広大な公園だ。東京の名所のひとつと言っていい有名な場所だが、僕はほとんど足を踏み入れたことがなかった。そこの広さやあかるさや、そこを楽しげに歩いている人たちに、僕みたいな人間はそぐわない、と感じていたのだ。だが、今日は違った。リーが一緒だったから。僕は得意にさえなった。多くの人は僕らを仲のいい友人と見るだろうし、中には、あいつら恋人同士だな、ちくしょう、と思う人もいるかもしれない。

僕らは自動販売機で缶ビールを買い——これは、リーがふたりぶんの金を出すと言って譲らず、金額的に牛丼を奢った意味があまりなくなった——、広々とした草地に座った。ビールで乾杯して、食べはじめた。牛丼の上に玉子を割り落として食べるんだと僕は教えた。

「うまい？」

と聞くと、リーは口をモグモグさせながら頷いた。どんな顔をしていてもイケてる男だ。ただ僕は、リーに憧れはあっても、恋愛感情はないようだった。それは出会った最初から、彼には大事な人がいて、そのことが、彼がここにいる理由のすべてであるとわかっていたせいかもしれない。その想いの圧倒的な強さによって、リーは、彼のやさしさや感じの良さとは無関係に、厚いガラスの瓶の中に閉じ込められているような感じがした。

「君を振りまわす彼女は今、どこにいるの」

僕は聞いた。

「わからないんだ。でも、絶対に探し出す」

リーはきっぱりと言った。

「彼女に会えないと、僕の人生は地獄になる」

僕は思わずリーの顔をまじまじと見てしまった。リーは、大真面目な顔をしていた。

「すごいな、それほど好きって」

「うん、自分でも驚いてる」

リーは空を見上げた。

「彼女に会うまでの僕は、何もかもあきらめていた。ぐっすり眠ることもなかったし、夢も見なかった。冗談も言わなかったし、ピアノも弾かなかった。誰も愛さないようにしようと決めていた」

僕はびっくりした。リーみたいな人にも、そんな日々があったなんて。

「彼女に会って、君は変わったの？」

リーは頷いた。

「彼女は、僕の運命の人だ」

「運命か……」

僕は高校時代のことを思い出していた。これは運命だ、とあのとき信じていた。友人だった彼への想いが募るにつれて、自分の愛の対象を僕は知ったのだ。

「運命は、人を選ぶよな」

僕は思わず呟いた。

「僕は、運命には選ばれない」

「そんなふうに思っちゃだめだ」

リーは僕に向き直り、厳しい顔をした。

「自分のことをそんなふうに言っちゃだめだよ」

ボールが僕らの横を転がっていった。それから、それを追いかけてきたらしい五歳くらいの子供が、僕らの手前で蹴つまずいた。僕が子供を助け起こしている間に、リーがボールを拾いに行った。ギャン泣き一秒前だった子供は、リーがボールを手渡して頭を撫でると、笑顔になった。慌てた様子で走ってきた母親に子供を渡すと、リーは子供に向けていた微笑みを僕にも向けた。

その午後を僕らはゆっくり過ごした。とくに何をするでもなく芝生に座り、ときには寝転んだりしながら、ポツポツと話した。「運命の人」は、空から降ってきたのだとリーは言った。「どういう意味？」と僕が聞くと、「そのままの意味だよ」とリーは言ってクスッと笑った。思い出し笑いらしい。頭にくるほど幸福そうな顔だった。それからリーは、右手の親指と人差し指を交差させて僕に見せ、「これ知ってる？」と聞いた。僕が首を傾げると、「ハートなんだよ」とニヤニヤした。彼女から教えてもらったんだと言う。まったく、勝手にしろというほかない。

僕は、僕の失恋について話した。自分について話すことがほかになかったからだ。僕の恋愛対象が男だということを知っても、リーは驚かなかった。相手の反応を聞くと、「そんな相手のことはもう忘れてしまったほうがいい」と言った。リーはあいかわらず正体不明で、ガラスの瓶の中に入っているようだったけれど、そのガラスはキラキラ美しくて、そばにいると僕は、もうひとつの太陽に照らされているみたいな心地になった。

日が傾いてきた頃に、僕らは立ち上がった。いつもの僕なら、相手が先に立ち上がったことを気に病んでくよくよしたり、引き止めるようなことを言ったほうがいいのか、それとも素知らぬふりで相手の判断に任せるほうが好かれるのか悩んだりするのだが、今日の僕はすっかり充足していて、もう何十年もリーと一緒にいたような気分だった。駅前まで戻り、「じゃあ、また明日」とリーは僕に片手を差し出した。その手を――少なからずドキドキしながら――握り返したとき、駅舎の中からシゲルさんが出てきて、こちらを見ていることに気がついた。

月曜日、日付が変わる頃にシゲルさんは「涙」にあらわれた。

「どうしたの、早いじゃない」

健太ママが言うと、

「純に謝りたくてさ」

とシゲルさんは言いながら、僕の前に座り、ウインクしてみせた。

「何やったのよ？」

「ひみつ」

「すっぽかされたんですよ」

と僕は言った。するとシゲルさんの顔がくもったので、やっぱり言わなければよかったといつものように後悔した。すっぽかしたことを、というより、すっぽかしたことを僕に謝ろうとしているなんて、彼はみんなに知られたくなかったのだろう。つまらないやつだ、ときっと僕のことを思っているだろう。

「いつものことじゃないの？」

健太ママは言った。僕はシゲルさんとのことを健太ママに話したことはないが、健太ママは概ね察しているはずだった。

「あんたもさあ、こんなのにいつまでも引っかかってることないのよ。世の中にはいい男がいっくらだっているんだから」

今夜ももちろん、リーのピアノが流れていた。不機嫌な顔のままシゲルさんは白ワインを一杯飲んだ。

「いいムードじゃないか」

とシゲルさんは言って、僕を見た。

「純、踊ろう」

僕は彼と踊りたくなかった。でも、どうしたら断ることができるのかわからなかったから、健太ママが「ふんっ」と鼻を鳴らすのを聞きながらカウンターを出て、シゲルさんのそばに行った。シゲルさんは僕に向かって手を差し出した——ちょうど昨日の帰りがけの、リーのように。僕はリーのほうを見ないようにして、その手を取った。僕はシゲルさんと踊った。といったって、彼に抱き寄せられて、一緒に揺れていただけだったけれど。リーはピアノを弾き続けた——心なしか、テンポが速くなったような気がしたが。シゲルさんは僕の耳にもう少しで触れそうなほど唇を近づけて「今日、来いよ」と囁いた。

それで、僕は待っている。

いつもの場所——シゲルさんのマンションの、ゴミ置場の横で。今日は雨が降ってないだけマシだ、と思いながら。店がはけてマンションまで来たが、シゲルさんはやっぱり留守だった。窓に明かりもついていない。はは。僕はちょっと笑ってみる。あんなふうに抱き寄せられて誘われて、やっぱりすっぽかされているのだから、笑うしかない。もうすぐ五時だ。

だが僕はやっぱり、あきらめて立ち上がることができない。待っていても無駄だ、またすっぽかされたんだ、シゲルさんにとっておまえというのは、そういうことができる存在なんだ、さっさと立ち上がれ。心は僕に向かってわめいている。でも、今日もいないなんてありえなくないか？　いくらシゲルさんでも、そこまでひどいことはしないんじゃないか？　彼はきっと事故とか事件に巻き込まれたんだ。それがやっと解決して、今しもこっちに向かっているかもしれない。僕の一部が、そう言い返している。僕はその声を無視することができない。僕の大部分はシゲルさんを信じていない。でも僕はまだどこかで、彼を信じたいのだ。

声が聞こえた。シゲルさんの声だ。僕は立ち上がった。べつの男の声も聞こえる。瞬間、僕は、彼を信じていた自分が正しかったのだと思った。誰かの肩を借りて、必死にここまで戻ってきたシゲルさんの姿が浮かんだ。僕はエントランスに駆けていった。

そこにはシゲルさんを入れて、四人の男たちがいた。ひとりは今日、シゲルさんと一緒に店を出ていった男で、あとのふたりは知らない顔だった。シゲルさんは誰の肩も借りていなかった。僕を見ると、「イエーッ！」と叫んで、拍手した。もうひとりの男も。あとのふたりは拍手はしなかったがゲラゲラ笑っていた。みんな、ゲラゲラ笑っていた。

「言ったろ、こいつは絶対待ってるって」

拍手しなかったふたりは、ちくしょうとか、ありえねえとか言って、財布から紙幣を出してシゲルさんともうひとりの男に渡した。賭けをしていたのだとわかった。シゲルさんが戻ったときに、僕がまだいるか、いないか。シゲルさんともうひとりの常連は、「いる」ほうに賭けたのだろう。

「サンキュー、純。一万円儲かったよ。お礼に抱っこしてやるから、こっちおいで」

シゲルさんが手招きし、また笑い声が起こった。僕にはさらに聞こえるものがあった。

ピアノの音だ。リーが弾く音。それは笑い声や僕を嘲したりばかにしたりする声とはべつの回路で、僕の耳に届いた。僕はシゲルさんに向かって、ふらふらと近づいていった。

笑い声。ピアノの音。シゲルさんの顔。彼が僕に向かって、オーバーなポーズで差し出している両手。彼を失ったら、僕の人生は地獄になるだろうか。ピアノの音。そんな相手のことはもう忘れてしまったほうがいい、というリーの声。ピアノの音。自分のことをそんなふうに言っちゃだめだよ。ピアノの音、ピアノの音、ピアノの音……。

僕は思い切り体重を乗せて、右の拳をシゲルさんの顔にぶつけた。

それから僕はその場を立ち去り、自転車に跨った。よろけて尻もちをついたシゲルさんのことはあとの三人が面倒を見てくれるだろう。僕を追ってくる気配はなかった。

公園に行くとやっぱりリーがベンチに座っていた。僕がしてきたことをすっかり了解しているように、頷いた。僕が隣に座ると、リーの手が僕の肩に置かれポンポンと叩いた。僕はリーの肩に顔を預けて、少し泣いた。ピアノの音はずっと聞こえていた。そのまま僕は眠ってしまったようだった。目が覚めると自分のアパートだった。自転車はいつもの場所に置いてあったが、リーはいなかった。

その夜、「涙」に出勤すると、ピアノの前に健太ママが座っていた。

そのことを不思議に思いながら、僕は開店準備をはじめた。シゲルさんを殴ったこと、彼ともうひとりの常連客を失うかもしれないことを、いつ、どんなふうに打ち明けようかと考えていると、ピアノの音が聞こえてきた。慌てて厨房から出てみると、ピアノを弾いているのはリーではなくて健太ママだった。

「ママ？」

リーよりずっと拙かったし途切れ途切れではあったけれど、ママが弾いているのはリーがよく弾いていた曲に違いなかった。静かな、もの悲しい、美しい曲。健太ママは手を止めて僕を見た。その顔は涙でぐしゃぐしゃだった。

「昨日夢に彼が出てきたの。今でも大好きだよって、この曲を弾いてくれたのよ。忘れないうちに弾いてみたの」

「それって、リーの……」

僕は言いかけたが、そのときには、自分の身に——あるいはこの店に——何が起きたのか、なんとなくわかりかけていた。

「え？　リーって？」

と健太ママが聞き返した。僕は答えるかわりに、

「ピアノは解禁？」

と聞いてみた。うん、と健太ママはポロンとピアノを鳴らした。

「またこの店でピアノの音が聴けるっていうのもいいなと思って。そんな気分になったの

よ。ピアニストを探さなくちゃね。できたらイケメンの」

僕は頷いた。厨房に戻ると、またたどたどしいピアノの音が聞こえてきた。そのテンポは、リーが僕の肩をやさしく叩いたときのことを思い出させた。リーにはもう会えないのだろう。僕はリーのために祈った。それに自分のためにも。運命の人に会えますように、と。

ポメラニアン探し

コンビニの前の車止めに、ポメラニアンが繋がれている。

さっき俺の母親くらいの年頃の女が繋いでいた。せかせかとコンビニに入っていった様子からして、突然の尿意とか腹痛とか、緊急っぽい感じだった。ポメラニアンは舌を出して、落ち着かなげにキョトキョト周囲を見渡している。そういう犬を俺は見たくなかった。でも見ていた。

俺は駐車場の端で缶ビールを飲みながら、電話をかけているところだった。四月の最初の日曜日で、空気には春めいた匂いが混じっていたが、半袖のTシャツにペラペラのシャツを羽織っただけの格好では寒かった。呼び出し音を聞きながら、一瞬、自分が今誰に、何のために電話しているのか思い出せなくなった。「うおい」と眠そうな応答があり、そうだ康夫(やすお)だ、こいつに電話したんだったと思い出した。

「早いっすね」

康夫は高校の後輩だ。気軽に呼び出せる相手だが、まだ寝ていたのか、ろこつに迷惑そうな声だった。

「焼肉行こうぜ、おごるからさ」

べつに康夫とつるみたくもなかったし焼肉を食べたいわけでもなかったのだが、俺はそう言った。肉っすか……と康夫はぶつくさ言った。

「じゃあ昼に店集合でいっすか」

「あ？　今出てこいよ。腹減ってんだよ、俺」

「焼肉屋まだ開いてないっすよ」

俺は時計を見た。十時を少し回ったところだ。朝起きてから、半日どころか丸一日経ったような気分でいたのだが、まだこんな時間だったのか。たしかに焼肉屋はまだ開いていないだろうし、実際のところ腹も減っていなかった。

「じゃあうちで酒飲もうぜ」

「はあ？」

康夫がグダグダ言うのを聞きながら、俺の注意は再びポメラニアンのほうに向いていた。さっきコンビニから出てきた男が、犬をジロジロ見ていた。そしていったん通り過ぎたのだが、ふらっとUターンして戻ってきた。男は犬のそばに屈み込んだ。厚ぼったいグレイのパーカにデニムという格好だったが、フードをすっぽり被っているので、若いのか中年なのかはわからない。

男はポメラニアンを抱き上げた。リードを首輪から外したらしい。そのまま、俺の横を通ってすたすた歩いていく。さっきの女のツレかなんかか？　俺は最初、そう考えた。いや、ツレだったらリードを残していかないだろう。っていうか、Uターンして犬を連れていくって変だろう。

「おいっ！」

思わず大声を出すと、男はぴょんと飛び上がるようにして振り返った。それからダッと走り出した。おい待て！　俺は飲みかけの缶ビールを放り出して、スマホを握りしめたまま、男を追った。男はめちゃくちゃ足が速かった。俺も足には自信があるが、なかなか距離が縮まらない。

「つかまえてくれ！」

俺は叫んだが、男が逃げる方向から歩いてきた老人は飛びすさって男を避けた。ふと気がつくと、俺の横をもうひとりの男が走っていた。背が高い、黒いコートを着た男だ。俺の後ろから走ってきて、俺に追いついたらしい。男が何か叫んだ。聞いたことのない言葉だったが、犬を横抱きにして逃げている男に向かって発したのだということはわかった。

犬泥棒の男は角を曲がり、大通りに沿った歩道を走り出した。そいつと俺たちの距離はじわじわ縮まりつつあった。たぶん、黒いコートの男の足の速さが俺を加速させているのだろう。前方から中学生くらいのガキどもの集団が歩いてくる。そいつを止めてくれ！と俺はまた叫んだ。フードの男が後ろを振り返った。——と、そいつは犬を通りに向かって放り出しやがった。またしても意味不明の言葉で黒いコートの男が叫び、瞬間、俺は目をつぶった。通りには車がビュンビュン走っていたからだ。が、ちょうど車が途切れていた——犬は転がるように道を横断した。マジ間一髪で大型トラックが二台続けて走り抜け、そのあとはもう、犬の姿は見えなかった。道の向こうには植物公園が広がっている。あの中に逃げ込んだのかもしれない。

俺たちが犬に気を取られている間に、フードの男はずっと先まで逃げていた。俺と黒いコートの男は無言で顔を見合わせ、信号が変わるのを待って道を渡った。男を追うより犬を探すほうが重要だろう。俺同様に、黒いコートの男もそう考えていることがわかった。

通りの正面が公園で、右奥にサブの公園みたいな、一般客は入れないようにコーンとバーとで通路を塞いだ一画があった。どちらにも犬が入り込んだ可能性がある。

「僕はこっちへ行きます。あなたは、公園を探して」

黒いコートの男が言った。なんだこいつ、日本語が話せるのか。あらためて見るとむかつくほどイケメンだった。歳は俺よりずいぶん上で、三十代半ばくらいだろうか。俺の身長は百七十五センチだが、それより余裕で上背がある。なんとなく気圧(けお)されながら、俺が返事を考えているうちに、男はバーを飛び越えて走っていってしまった。

それで、俺は公園に向き直った。正直この中は歩きたくなかった。美来と来たことがあったからだ。だが仕方がない。

車止めを越え足を踏み入れてすぐ、俺は呆然となった。広すぎる。そうだよ、この公園は広いんだよとあらためて思い出した。黄色と濃いピンクが、行く手にぼうっとけぶっている。木に花が咲いているのだろう。歩いている人たちの背中はぽつぽつとあるが、犬の姿は見えない。

声に出さず俺は呻いた。今朝のことを思い出した。今朝、目が覚めた俺は、ほとんど今と同じ気分だったのだ。そして息が苦しくなって、美来に電話してしまったのだ。

手の中でスマホが鳴り出した。

そういえば康夫に電話してる途中だった。そっちの通話はとっくに切れていて、康夫がかけなおしてきた形跡もなかった。切れたのを幸いと、二度寝でもしてるんだろう。かけてきたのは美来だった。通知画面の「美来」という字を俺はじっと見下ろした。取るつもりはなかった。八回鳴って自動音声に切り替わった。再度かかってくる前に、俺は美来の番号を着信拒否にした。

美来。

俺より三つ下の二十三歳。チビでぽちゃぽちゃしていて、あかるい茶色に染めたおかっぱの髪が、いつでもふわふわ揺れていた。出会ったのは去年の夏の終わりだった。俺が働いているレンタカー屋に、客として美来がやってきたのだった。貸すときにかわいいなと思い、返しに来たときにスマホの番号を交換した。車にはあたらしい傷が十数ヵ所ついていて、俺はそのうち数ヵ所を見逃してやった。

レンタカーが必要だったのは、認知症がはじまった婆ちゃんを、婆ちゃんの故郷である能登半島の海に連れていくためだった。何かで読んだか誰かに教えられたか婆ちゃんが何か譫言(うわごと)めいたことを言ったかで、そうすれば認知症の進行が止まると美来は信じていたのだ。結局、海に行っても認知症は治らなかったが、手に負えなくなるほど進行することもなかった。その前に婆ちゃんは、脳溢血であっけなく死んでしまったからだ。その葬式が先週だった。

うわあっ。

俺は叫びたくなる。そして実際に叫んでみる。公園のメイン通りの真ん中で。通りすがりの人たちがぎょっとした顔で振り返り、俺を見て、さっと姿勢を戻す。そうだ、俺はこういうやつなんだ、と俺は思う。そこそこのイケメン——と今まで自己評価していたが、黒いコートの男を見た後では、「そこそこ」の度合いがぐんと下がった——で、半端に鍛えた体で、高卒で、今の職場は三つ目で、職を替えるたびにじりじり給料が下がっていって、天下の往来でいきなり「うわあっ」と叫んでみれば、ああいうやつよくいるよな、と思われて見て見ぬふりをされるようなやつ。こういう男は、知り合いでもなんでもないオバサンの不注意で盗まれたポメラニアンを探すのには向いていないし、恋愛にも向いていない。

しかし俺はのろのろと歩き出した。どうせほかにやることもないからだ。久しぶりの休日を、俺は自分でめちゃくちゃにしてしまったのだから。ひとりでアパートにはいたくなかった。康夫と食いたくもない焼肉を食うのも、見つかるとは思えない犬を探して歩くのも、似たようなものだ。

「つつじ園」という札が立った、まだ枝ばかりの低木が並ぶエリアに差し掛かったとき、その木々の間を縫うようにして黒いコートの男が走ってきた。俺の前まで来るとハアハア息を切らしながら、「あっちにはいなかった」と言った。

俺は思わず、男をまじまじと見てしまった。俺が呆然とし、その後タラタラ歩いていた間に、こいつは自分が担当した右側の敷地内を駆け回っていたに違いなかった。

「あんた、誰なの」

俺は素朴な疑問をそのまま口にした。「リ……ジョン……」というふうに男は答えた。リーでいいか。俺はブルース・リーの映画を好んで見ていたから、そう決めた。

「あなたは？」

「ハル」

俺の名前は真治だが、ダチからは「ハル」と呼ばれている。美来も、そう呼んでいた。

「ハル、こっち側を手分けして探そう」

そう言いながら男は俺と並んで歩いていた。きっと今まで走り通しだったのだろうし、どのみちしばらく道は一本で、両側は見通しが良かった。そしてどのみち、どこをどう探しても犬が見つかる気がしなかった。あんなちっぽけな犬だ、俺たちの視線の外側をちょろちょろと走り抜けて、今頃は公園の外に出ているかもしれない。そしてバカだからまた大通りに飛び出して、今度こそトラックに轢かれてぺしゃんこになるかもしれない。俺は、目をギュッとつぶった。

「大丈夫？」

とリーが言った。こいつは犬だけじゃなくて俺の心配までするのか。

「あんた、暇なの？　こんなことしてていいの？」

俺はまったく感じ悪くそう聞いた。

「しなきゃいけないことはあるよ」

リーは周囲を見渡しながら答えた。

「何？　しなきゃいけないことって」

妙にそれが知りたくなって俺は聞いた。

「人を探してる」

「人って誰？　女？」

「そう。僕の女」

俺はちょっとびっくりした。「僕の女」なんて言葉が、やや得体がしれなくはあるが上品で頭が良さそうで絶対女を泣かせたりしなさそうなリーの口から出たことに。そして、その「僕の女」の響きが、俺や俺のダチらがたまに口にする「俺の女」とは、全然違って聞こえたことに。

花の匂いがする風が俺の顔をかすめた。

「この辺りの女？　っていうか、スマホ持ってねえの？　彼女」

「彼女は持ってるけど、僕が持ってない。番号も知らない」

「なんだよ、ストーカーか？　避けられてんじゃねえの？」

リーはちょっとムッとしたような顔になり、首を振った。

「どこにいるかもわかんねえうえに、スマホも繫がらないんじゃ、探しようがねえじゃん」

「僕と彼女は、会わなきゃいけないから。絶対に会える」

「何その自信」

「彼女を守らなきゃいけない。約束したんだ。僕に彼女が見えている間は、守ってやるって」

「けっ」

勝手に言ってろ、というふうに俺は肩をすくめた。実際にはリーが、恥ずかしい科白をこの世の真実であるみたいに淡々と語ることに、少しばかり動揺していた。

前方から、ベビーカーを押す女たちの集団がこちらに向かってくる。俺たちは道の端によけた(俺はほとんど飛びすさった)。女たちは笑いさざめきながら俺たちのほうをちらりと見た。俺にとってはグロテスクな光景にほかならなかったが、リーはあいかわらず幸福な顔で女たちを見返していた。ひとり、遅れている女がいて、どうやらベビーカーの車輪に不具合が起きたみたいだった。乗り心地が悪いようで、赤ん坊がぎゃあぎゃあ泣いていた。女は、不具合なんか起きていないし赤ん坊も泣いてなんかいないという顔で、そういう顔をしていれば今にすべてうまくいくと信じているように、泣き喚く赤ん坊を乗せた動かないベビーカーを引きずっていた。俺には女の気持ちがよくわかった。というのは俺も、この世界で、いつもそんなふうに生きているからだ。

リーが彼女に近づいた。女に何か言い、ベビーカーの横に屈むと、しばらくの間車輪をいじっていた。それからリーは立ち上がり、女がそっとベビーカーを押すと、それはするりと前に進んだ。瞬間、女の顔がパッとあかるくなって、俺はなんだか、俺の胸の中でも小さなベビーカーが動いたみたいな、その車輪に心臓の肉を踏まれたみたいな気分になった。ようするに痛みに似た感触があった。はじめてではなかった。美来と一緒にいるとよく痛む。そして俺はこの痛みが苦手だった。

女はペコペコ頭を下げて、ついでに俺にも会釈して、行こうとした。リーが微笑みながらベビーカーに手をかけた。彼が何か言いながら赤ん坊に触れると、泣き声は次第に小さくなって、とうとう聞こえなくなった。女はびっくりした顔でリーを見た。リーは女に手を振って、俺のところへ戻ってきた。俺は、呆気にとられていないふりをした。

「やったの？」

俺は聞いた。

「何を？」

とリーは聞き返した。

「その、あんたの女とさ。やったの？　もう」

リーは俺の顔を見ながらしばらく考えていた。それから小さく頷き、「やった」と言った。

「お。やったんだ。じゃあそれなりの関係だったんだな。まさか無理やり襲ったとかじゃないよな」

「無理やりっていうか……しかたなかった」

「え。何。どういう意味」

「緊急事態だったんだよ。やらないと、逮捕されるかもしれなかった。ドラマだとそういうとき男女はやることになってるんだろう。そう教わったんだ。だから、やった」

話がさっぱり見えない。

「どういう状況だよ？　どこでやったんだ？」

「船の中。船倉だよ。真夜中だった」

「船倉？　ますますわかんねえし。っていうかそれっていい記憶？　悪い記憶？」

リーはまたしばらく考えているようだった。難しい顔で、水で薄めたような色の青空を睨んでいる。一文字に結んだその口元が、次第に緩んでいくのに俺は気づいた。

「いい記憶」

そう答えたときには、リーは微笑んでいた。男の俺でさえイカれそうな笑顔だった。あっ、とリーは突然声を上げた。俺たちの行く手で、道が二手に分かれていた。

「ここで分かれて、探しましょう。僕は今度は左側に行きます」

そそくさと左側に走っていくリーの背中を見て、こいつ照れてやがる、と俺は気づいた。

葬式の日は薄曇りで、今日よりもずっと気温が低かった。

もちろん俺は、美来の家族でもなんでもないし、死んだ婆ちゃんにも、彼女の両親にも会ったことはなかったから、式には参列しなかった。美来は来てほしそうだったが、俺は行きたくなかった。それで、彼女が火葬場から戻った後で会うことにしていた。

夕方、俺はチャリで、美来の実家の近くまで迎えに行った。俺のアパートにしけ込むときも、安い居酒屋で飲み食いするときも、そうするのが習慣になっていたが、ぎょっとしたことにその日、俺に向かって小走りでやってきた美来は喪服のままだった。なんで着替えてないんだよ、と俺に言われて、本人ははじめて気がついたらしい。着替えに戻るというのを俺は止めて、そのままうしろの荷台に乗せた。

美来の両親はいがみ合うことに忙しくて、婆ちゃんや美来にはほとんど無関心らしい。俺が十八のときに飛び出してきた家と似たようなものだ。俺には婆ちゃんも爺ちゃんもいなかったが、美来の場合は必然的に婆ちゃん子として育ったわけだ。その婆ちゃんの急逝に、だから美来はとんでもないダメージを受けていた。喪服を着替えることを思いつかなかったのもそのせいだった。

おまわりに見つかってまずいことになる危険があっても、俺は美来を後ろに乗せてチャリを漕ぐのが好きだった。美来の顔が俺の肩甲骨の間にすっぽりはまって、その部分がだんだん暖かくなっていくのを感じると、俺はいつでもドキドキした。女とやれるか、やれないか以外で、そんなふうにドキドキするのははじめてのことで、実際のところ、そのドキドキがはじまると、俺の部屋なんか行かないでこのままずっといつまでも、肩甲骨の間に美来の呼吸と体温を感じながらチャリを漕ぎ続けていたいような気持ちになった。まあ結局は、俺の家に着いて、そうしたら俺は美来を抱きたくてしょうがなくなってしまうのも、いつものことだったが。

　あの日、美来はやっぱり、俺の肩甲骨の間に顔を埋めていた。いつもより強く、ぎゅうっと押しつけられている感触があって、そのうちそこが暖かいだけじゃなく、湿ってきたのを俺は感じた。美来は泣いていたのだ。婆ちゃんが死んでから泣いたのはそのときがはじめてだったと、俺のアパートに着いてから美来は言った。その夜、俺たちはいつものように抱き合い、途中で買ってきたコンビニの惣菜を肴(さかな)に缶ビールを飲み、ゲームをし、馬鹿話をし、また抱き合った。美来はもう泣かなかったし、婆ちゃんの話もしなかった。夜が更けて、俺は美来をまたチャリに乗せて、夕方会った場所まで送っていった。またな、と言ったし、電話する、とも言った。だがそれきり今朝まで、俺は美来と会わなかったし話もしなかった。彼女からの連絡を無視し続けていた。

　あの感触。俺の背中を湿らせた、美来の涙の感触。

　それを俺は、忘れることができなかった。というかその感触が、仕事をしていても、飯を食っていても、眠ろうとしても、まるで今も美来が俺の背中に貼りついているみたいに、よみがえった。俺は怖くなった。

　そうだ、俺は怖くなったんだ。

犬はいない。影も形もない。

繁みの下を覗き込んだり、売店で聞いたりしながら、俺は歩いた。突き当たりがバラ園だった。たぶん左側の道もここに通じているだろう。

この植物公園全体はあまり作り込まれていないというか、自然な感じで木や草が植えられているのだが、この場所だけは白いタイルみたいな石がバラの植栽の間に整然と道を作っていて、べつの公園というか、べつの国みたいだった。

バラはまだぽつぽつとしか咲いていなかった。去年の冬、美来と来たときと同じだ。あの日は裏にある大きな寺のほうからこの公園に入って、まっすぐにバラ園へ来たのだった。なーんだ、あんまり咲いてないね、まあいっかと美来は笑った。その笑顔があんまり幸福そうだったから、やっぱり俺は動揺して、「まあいいのかよ」と、呆れたように言ってしまった。

「咲いてなくても、バラはバラだし」

美来は笑顔のまま言った。

「今、咲いてなくても、あったかくなれば咲くんだろうし」

「だな。その頃、また見に来ればいいな」

俺は美来の笑顔に促されるように、そう言った。

「うん、そうしよう、そうしよう」

美来は俺の手を握ってぴょんぴょん跳ねた。近くでイーゼルを立ててスケッチしていた爺さんがこちらを見て、ニヤッと笑った。俺と美来は仕返しのように彼の背後に回って絵をジロジロ見た。爺さんが描いているキャンバスの中ではバラが咲き誇っていた。俺たちなんかいないかのように、キャンバスに集中しているふりをしている爺さんの後ろで、俺と美来はすばやく唇を合わせた。

うわあっ。

俺はまた叫びたくなる。今度は声には出さず、胸の中で叫ぶ。そのぶん声は大きく俺の中に響き渡って、俺は体が揺れるような心地になる。これはいい記憶だろうか、悪い記憶だろうか。いい記憶だと思いたいのに、さっきのリーみたいに微笑むことが俺にはできない。かわりに叫んでしまう。うわあっ。叫ぶと俺は苦しくなる。

今朝もそうだった。あの葬式の日以来、いつもなのだが、朝目が覚めるとすぐ、背中を湿らせた美来の涙の感触がよみがえってきて、俺はうわあっと思い、怖くなり、苦しくなった。もうこんなのはごめんだと思った。俺は今まで、何人もの女と付き合ってきた。こんなふうになったことはなかった。飽きたり、飽きられたり、むかついたり、むかつかれたりして、別れてきた。簡単なことだった。別れてしばらくの間はちょっと心がすうすうするが、そのうち次の女が見つかる。見つからなければ、康夫やほかのダチと遊んでいればいい。俺は美来にむかついたり飽きたりはしていないが、この苦しさは、別れる理由になるんじゃないのか。別れちまえばいいんじゃないのか。そのほうが楽なんじゃないのか。俺はいつだって楽なほうを選んで生きてきた。だったら今回もそうすればいいんじゃないのか。

それで俺は、その気持ちが消えないうちに、美来に電話をしたのだった。午前七時前だったが、呼び出し音が一回か二回も鳴らないうちに美来は出た。俺同様に眠れずにいたのかもしれない。眠らずに、俺からの電話を待っていたのかもしれない。そう思ったら俺はまたうわあっとなって、叫ぶかわりに「別れようぜ」と言った。実際、簡単なことだった。たった六音だ。どうして、と美来が聞いた。いやなんだよ、と俺は言った。また六音。いかにも頭が悪そうで、そしてつめたい言葉。美来がまた何か言った。それを全部聞かないうちに、俺は電話を切った。

リーがバラ園に入ってきた。さっきまでより疲れた顔をしていた。

「いないな」

俺が座っているベンチの端に腰を下ろして、溜息とともに呟いた。

「公園の外に出たのかもしれないな。少し休んだら、外を探そう」

まだ探す気なのか。俺は呆れながら立ち上がり、自動販売機でコーラを二本買ってきて一本をリーに渡した。

「どうもありがとう」

リーは馬鹿丁寧なお辞儀をしてから、それをゴクゴクと呷った。俺も飲んだ。勢いよく流し込んでも、俺の胸には何かが蹲ったままだった。

「きれいな言葉を言ってみて」

リーは言った。

「はあ？」

「きれいな言葉。呪いみたいなものだよ。犬が見つかるように」

乙女かよ。俺はあらためて呆れながら「美人」と言った。

「バラ」

とリーは言った。それで俺はつい、

「笑顔」

と言ってしまった。ここにいると、あのときの美来の笑顔を思い出さずにいることはむずかしい。

「そよ風」

「爪」

もっとふざけたことを言うつもりだったのに、なぜかマジに考えてしまう。俺が手を握ると、短くて太い指の先でほんのりピンク色になっていった美来の爪。

「初雪」

「初恋」

照れもせずそんな言葉を口にしている自分に俺は驚く。たぶんリーの真剣な表情のせいだ。初恋。美来とのことは、俺の初恋だったのかもしれない、と考える。

「ピアノ」

美来。

俺は、そう思った。でも口には出さなかった。俺は立ち上がった。はずみで、脇に置いていたペットボトルがベンチから落ちて、少し残っていたコーラが地面に浸み出した。

「もう、やめようぜ」

俺は吐き捨てた。

「どうして」

リーは不思議そうに聞いた。

「見つからねえよ、いくら探したって」

「見つかるよ」

「どうして」

今度は俺が聞いた。

「見つけなきゃいけないから、見つかるんだ」

「そんな義理、ねえよ」

俺はペットボトルを蹴った。リーは悲しそうな顔になった。俺はリーに背を向けて、バラ園を出ていった。

植物公園を出たところで、電話が鳴った。美来だと思ってどきりとしたが、かけてきたのは康夫だった。そうだ、美来からかかってくるはずがない——俺が着信拒否にしたのだから。

「何やってんすか」

と康夫は言った。そう言われればもう昼近い。

「今、どこっすか」

「植物公園の前」

「はあ？」

「悪い、ちょっと用事があったんだよ、犬を盗んだやつがいて……」

「はあああ？」

俺は通話を切った。右側から歩いてくるふたり連れに気づいたからだ。俺と同じか少し下くらいの男ふたり。白いジャージの上下の太った男と、グレイのパーカにデニムを穿いた小柄な男。フードは今は被っていないが、グレイのパーカは、さっきの犬泥棒ではないのか。向こうも俺を見ている。グレイのパーカが白いジャージに何か言い、ふたりは「うおらあ」「ぼけがあ」と叫びながら俺に向かってきた。

構える間もなく、白いジャージの蹴りが脇腹に入って、俺はあっさり地面に膝をついた。そこに二発目、三発目の攻撃が降ってきた。ちくしょう。反撃したいが、最初の一発がかなり効いている。四発目が耳の上に入って、俺は顔から地面に叩きつけられた。やばい。反撃どころじゃなくなってきた。白いジャージのデブは格闘技をかじっているに違いない。いや、相手が強いんじゃなくて、俺がボケてたせいだ。いつもの反応が取れなかった。俺は頭を抱えて体を丸くし、次の攻撃に備えた。こいつら加減を知らないから、この体勢でまともに入ったらやばい。

しかしいつまでたっても衝撃が来ないので、俺はそろそろと顔を上げた。俺の足元で、グレイのパーカの男が蹲っていた。白いジャージは今しも倒れるところだった。そいつの正面にリーがいた。長い手足は攻撃を終えて、通常の位置に戻ろうとしていた。まさにブルース・リーさながらだ。マジかよ、イケメンな上に強いのかよと俺は思った。

「大丈夫？」

リーが俺を助け起こした。バツが悪い思いでどうにか立ち上がり、俺はあらためてぎょっとした――周囲に人集り(ひとだかり)ができていたからだ。犬泥棒とそのツレがのろのろと立ち上がり、見物人を押しのけて逃げていった。俺もそうしたい。警察沙汰はごめんだ。

行こうぜ、とリーを引っ張ったが、なぜか動かない。俺は苛立ちながら彼の視線の先を見て、「えっ」と声を上げた。俺の親くらいの歳周りの夫婦が、この場から立ち去ろうとしていたのだが、女の腕の中に茶色いポメラニアンがいたからだ。

それから、俺たちはぞろぞろとコンビニに向かった。

俺たちというのは、俺、リー、ポメラニアンを抱いている女、その夫、というメンバーだ。

夫婦は植物公園から出ようとして、植え込みの中をうろついている犬を見つけたらしい。抱き上げたところで俺たちの騒ぎが起こり、犬に関係あることかもしれないと思って見にきたのだという。公園内に戻って管理事務所に犬を託すつもりだったらしいが、俺たちの話を聞いて、一緒にコンビニへ行くことになった。俺は脇腹を庇(かば)いながら斜めになって、ひょこひょことほかのやつらについていった。耳の上の傷も痛んだが、血はもう止まっていた。

「どこに隠れてたんだ、君は」

ポメラニアンの頭を撫でながらリーが言った。まったくだ。俺も犬に触りたかったが、なんとなく手を出せないままでいた。保護してよかった、飼い主はまだコンビニにいるだろうか、いなくても店に連絡先を告げているだろう云々と、夫婦はリーと会話しながらやっぱり嬉しそうに歩いていた。俺は嬉しいような泣きたいような気分で黙っていた。

ぎゃあーっという声とともに、顔じゅう涙でぐしゃぐしゃにした女が駆け寄ってきたのは、俺たちがコンビニの駐車場に入るのとほぼ同時だった。飼い主の女だった。犬を探してあちこち駆けずり回って、ちょうど今さっき、コンビニに戻ってきたところだったらしい。ごめんね、ごめんね。女は犬を抱き取ると、何度も繰り返した。そんな女を夫婦とリーは見守っていたが、俺はなんだかいたたまれなくなって、その輪から抜けた。スマホが鳴り出した。きっと康夫だろう。でも俺は応答しなかった。それどころではなかったのだ。俺の目は前方に釘付けになっていた。

「えっ」

ボコられた後で犬を見つけたときと同じ声を上げていた。コンビニの前に美来がいたからだ。美来は俺を睨んでいた。そして泣いていた——犬の飼い主と同じくらいその顔はぐしゃぐしゃだった。なんでここにいるんだ。そうか、康夫か。あいつが俺が植物公園にいるってことを教えたんだな。そして美来はこの辺りを探し回っていたんだろう。

別れようぜと言った女だ。着信拒否もしてる女だ。俺は踵(きびす)を返して逃げ出そうと思ったが、体が動かなかった。そして俺の背中に触れる手があった。

「彼女のところへ行って」

振り返るとリーが微笑んでいた。あれが俺の美来だと、こいつにはわかるのか。でもとくに不思議にも思わなかった。わかるんだろうな、こいつには、と俺は思った。

「早く」

リーの手が俺を押した。俺は歩きはじめた――美来に向かって。犬、見つかっただろ？とリーが嬉しそうに、いくらか得意げに呟くのが聞こえた。

大人へのボート、あるいはお城

バスから降りるときに母が蹴つまずいた。ちょうど通りかかった男の人がとっさに抱きとめてくれなかったら、転んで、ひどいことになっていただろう。ゴールデンウィークの初日。朝から夏みたいな陽気だった。

「大丈夫ですか？」

とその人が聞いたのは、ケガの心配というよりも、母があまりにもぽかんとしていたせいだろう。聞かれて母は、目が覚めたように、コクコクと頷いた。

「どうぞ、気をつけて」

その人は母をまっすぐに立たせると、母に、それから私に向かって微笑みかけた。

「ハンサムな人だったね〜〜」

その人がいなくなると、母は大きな溜息とともに上ずった声で言った。「ハンサム」なんて単語が母の口から出るのを聞いたのははじめてだったかもしれない。

「そう？　あんまりよく見なかったけど」

私はそっけなく言った。でも実際は、母よりよほどぼうっとしていた。すごく、タイプな人だったから。彼氏にするならこんな人がいい、というモヤモヤした妄想が、はっきり現実の人の形になったみたいだった。

私と母はぼうっとしたまま、町で唯一の複合ビルへ向かった（ほかにはファミレスと、観光客向けのレストランと土産物屋しかない町だ）。ティーンズ向けの洋服屋に入ると、母はあっさり元来の母に戻って、これはどう？　あれも可愛いんじゃない？　と精力的に私の服を選びはじめた。いまいち。好きじゃない。ゲー。私は母が服を持ってくるたびにそう言った。

「もう！　なんで全部だめなの？」

「だって子供っぽいのばっかりなんだもん」

「子供じゃないの」

母は笑った。せせら笑った、と言っていい。母にとって十六歳の娘はまだじゅうぶんに子供なのだろう。でも、やさしくて私に甘い母だから、私の希望を聞き入れて、隣の「大人の洋服屋」――母が年に一回くらい「お出かけ着」を買うお店――に連れていってくれた。そこにも、パステルカラーの花柄や原色のドット柄の服はあったけれど、私はそういう服には目もくれず、店内を何周もして、白い麻のシャツと黒いスキニーデニムを選んだ。

「ちょっと地味じゃない？　それに、レストランの店員さんみたいじゃない？」

母はブツブツ言ったけれど――私に可愛らしい格好をさせたくて仕方ないのだ――私は断固、これがいいと言い張った。私が選んだのは地味な服じゃなくて大人っぽい服で、十六歳はもう大人だ。というか、私は、大人になると決めたのだ。

母が会計をしている間、私は店の外で待っていた。通路の壁の大きな窓から、何となく下界を見下ろすと、ビルのエントランスのポプラの木の下に、さっきの男の人が立っていた。

太陽の熱とあかるさが、彼だけをめがけて降り注いでいるみたいに見えた。でも彼はそれを全然気に留めていないように、何かを探すみたいに、ビルを見上げていた。一瞬、目が合ったかと思った。彼は黒いシャツに黒いパンツで、なぜか季節外れの黒いコートを脇に抱えていた。さっき買ってもらった服を着たら、私だってちょっとは彼に釣り合うんじゃないだろうか。そんな考えが浮かんできて、私は猛烈に恥ずかしくなり、慌てて窓から目をそらした。

もちろん母には「合コン」だなんて言わなかった。「女子会」だよ、と言った。女子校なのでわざわざ女子会って言うのもへんなのだが、特別な感じを出したくて。母は、新入生の親睦会みたいなものだと受け取ったらしい。中学のときは親抜きで町で食事することはなかったから、私はその点も強調して、どうにか新しい服を買ってもらうことに成功したのだった。

買い物に行った日の翌日、私はひとりでバスに乗り、また町へ行った。待ち合わせは午前十一時半。イタリアン専門のファミレスの、中じゃなくて店の前。同じクラスの優香と、優香のカレの駿くんがもう待っていた。駿くんは高二で、優香の中学の先輩で、ふたりは中学のときから付き合っている。

駿くんはブカッとしたカーキ色の軍パンにブカッとしたオレンジ色のTシャツ（アカンベーをするミッキーマウスのイラスト）、黒いキャップを被っていて、「よう」と片手を挙げた（駿くんのことは以前に優香から紹介されていたけれど、制服姿ではない彼を見るのははじめてだった）。優香はデニムをカットオフしたショートパンツに、白いパフスリーブのブラウス、赤いサンダル。ほんのりメイクもしている。私もメイクをしてくるべきだった（私が持っているのはリップグロスだけで、アイシャドウもアイブロウもマスカラも持っていないけれど）。

「なにそれ〜？　ショップ店員〜？」

私の格好を見て優香が笑い、

「ひでーな、こいつ」

と優香をつつきながら駿くんも笑った。

「嘘嘘〜。かっこいいよ、しぶいよ、千里（ちさと）」

優香がそう言って私に抱きつこうとしたとき、「おー」と駿くんがまた手を挙げて、私たちは振り返った。駿くんよりはブカッとしていないデニムと白いTシャツ、その上にチェックのシャツを羽織った男の子が立っていた。駿くんと同じ公立高校の二年生の、恭一（きょういち）くんだと聞いていた。今日は四人で合コン——というかはっきり言えば、私と恭一くんをくっつけるための会なのだ。優香とは高校に入学してすぐ仲良くなって、毎日駿くんの話を聞かされることになり、つい「私もカレシほしいな」と言ってしまったせいだ。

優香と駿くんが先に立って、店の中に入った。ふたりはよくこの店でデートしているみたいで、窓際のテーブルも料理も彼らが選んだ。そしてみんなでドリンクバーに飲みものを取りに行ったあと、自己紹介タイムになった。

「町田（まちだ）恭一です。ども」

恭一くんはそのときはじめて私と目を合わせて、ぺこりと頭を下げた。全体的に、小型の駿くんというか、駿くんを薄めた感じの男の子だった。きっと向こうも私のことを、全体的に優香を薄めた感じだと思っているだろう。

「柳原（やなぎはら）千里です。はじめまして」

私もぺこりと頭を下げて、それから、部活とか趣味とか住んでる場所のことなんかをお互いに話した——優香と駿くんが質問して、私と恭一くんが答える、というのがほとんどだったけれど。私と恭一くんは、自分が喋っていないときには、張子の虎みたいに頷いていた。話の内容はほとんど意味を持たなかった。私は、恭一くんと付き合うかどうかではなく、付き合ったらどんなふうだろう、ということを考えていた。

優香はこの夏休み中に、駿くんの家に泊まりにいく計画を立てている。家族の帰省中、駿くんだけが家に残ることを許されたらしい。優香の親には、優香はその日は私の家に泊まると言ってある。いろんな非常事態（親からうちに電話がかかって来た場合とか）に備えてシミュレーションずみだし、優香の「勝負下着」候補も写真で見せてもらった。優香はその日に駿くんとはじめてエッチするのだ。

私も夏休み中か、そうでなくても今年中に、恭一くんとそうしようと考えている。二十歳過ぎてヴァージンとかキモいよね、とみんな言っている。それまでにエッチしなければならないのなら、このチャンスを逃さずに、さっさとすませてしまいたい。きっと恭一くんも似たようなことを考えているだろう。

「恭一はマジメだから、千里ちゃんとお似合いじゃん？」

駿くんが言っている。

「え、マジメなの？」

恭一くんが、私のほうは見ずに聞いた。マジメな女の子は苦手なのだろうか。

「マジメじゃないけど」

それで、私はそう言った。実際のところ、自分をマジメだとは思っていないけれど、では何なのかと言われたらわからない。私は不良ではないし、不マジメでもないと思う。

「見た目マジメだけど、中身はそうでもないよね」

優香が言い、

「優香と逆だな」

と駿くんが言った。つまり優香は、見た目は不マジメだけど、中身は案外マジメだということか。それが正しいのかどうかよくわからなかったけれど、人から言われるならそっちのほうがいいような気がした。ふたりはいちゃつきはじめた。私は恭一くんのほうを見たくなかったから、窓の外を見た。そして思わず息を呑んだ。あの男の人がいたからだ。

男の人は昨日見たときと同じ格好で、やっぱりポプラの木の下にいた(昨日とはべつのポプラの木だ。この町にはポプラがたくさん植えられている)。やっぱり頭上を見上げていて、ただ今日は、その視線の先に赤い風船があった。枝に紐が引っかかったらしく、高いところで揺れている。

男の人のそばには女の人と、三歳くらいの子供がいた。子供は泣いているみたいだ。男の人は子供のそばに屈み込むと、頭を撫でて何か言い、それからまた立ち上がり、風船に向かって手を伸ばした。すごく背が高い人だけれど、風船には手が届かない。

ふわっ、と彼の体が宙に浮いた。本当に浮いたみたいに見えたけれど、実際には跳んだのだった。次の瞬間にはもう風船の紐を持って地上にいた。男の人はニコニコしながら、また腰を屈めて、風船の紐を子供に握らせた。子供がぴょんぴょん跳ねて——嬉しさからというより男の人の真似をしたのかもしれない——、女の人が拍手して、それから何度もお辞儀した。男の人は手を振って、その場を離れた。姿勢のいい後ろ姿が、ポプラ並木の奥へと消えていった。

「千里。もうちょっと喋んなよ。恭一くん困ってるじゃん」

優香の声にはっとした。私は今、ファミレスにいたんだった。

「俺ってつまんないよね。ごめん」

恭一くんが言った。ちょっとむっとしているみたいだ。

「そんなことないよ、つまんなくないよ、ちょっとぼーっとしてて、こっちこそごめん」

私は慌ててそう言って、喋ることを必死に探した。

やらかした、絶対だめだと思っていたのに、その日の夜に恭一くんから電話があって、何と連休最終日にデートの約束をしてしまった。

デートの場所は町から歩いて二十分の場所にある人工湖で、この辺の中高生（大学が近くにないから大学生はいない）の定番のデートスポットだった。付き合うことになったカップルは、まずは人工湖でボートに乗ることになっているのだ。

ということは、私は恭一くんと付き合うことになったのだろうか。優香に報告して、聞いてみた。駿くん経由での恭一くん情報は、まだ何も入っていないみたいだった。それでも、優香はヤッター、イエーと大騒ぎして、「対策を立てるため」に、恭一くんとのデートの前に、私と優香と駿くんとで会うことになった。

待ち合わせはこの前と同じファミレスの前で、午後三時。優香たちのデートのダシというか引き立て役というか、そういう役割で呼び出されている感がなきにしもあらずだったけれど、この前の雰囲気でいきなりデートという成り行きに不安しかなかったから、優香——駿くんにかんしては、ぶっちゃけいなくてもいいと思っていたけれど——の助けが必要だった。とにかく優香は、「男の子と付き合う」という、私がまったくなにひとつわからないことを、今まさにやっている最中なのだから。

着ていくものを決めるのにすごく時間がかかった。この前の白いシャツと黒いスキニーデニムは、どちらももう着る気にならなかったから。優香が穿いてたみたいなショートパンツを私も持っているから、それと赤いTシャツを合わせてみたけれど、なんだかますます優香を薄めたみたいになってしまった。ストレートのブルーデニムとパフスリーブのブラウスは「マジメ」っぽかったし、パフスリーブのブラウスとミニスカートだと、かわい子ぶってるみたいだった。これまではお気に入りだった組み合わせが、全部似合わなくなったように思えた。出かける時間が迫ってきて、結局、ブルーデニムに赤いTシャツという組み合わせになった。ダサい気がするけどしかたがない。自分がこれまでどんな格好が好きだったのか、似合っていると思っていた服は本当に似合っていたのか、私は全然わからなくなってしまった。

三時少し前に店の前に着いて、三時を五分過ぎた頃、LINEが入った。優香からで、三十分くらい遅れるとのことだった。理由は書いていなかった。きっと駿くんと何か楽しいことをしていて、それが楽しすぎてやめられないのだろう。三十分遅れるとあるけど、それは三時半に来るということではなくて、これから三十分、へたしたら四十分五十分待たされるということだろう。今日も暑くて、突っ立っているのはつらい。私は歩き出した。複合ビルの中にある本屋にでも行こう、と思って。

ファミレスから複合ビルまでは百メートルもない。その距離を歩く間に、私は、着るものがわからなくなったのと同じように、自分がなんでここにいるのかわからなくなった。恭一くんと付き合うことになって(?)、デートに誘われて、その対策を練るために優香と駿くんに会うことにして、こうして待たされている。いったい私は何をやっているんだろう。「ここはどこ?　私は誰?」の気分。

あっ。私は小さく声を上げた。前方に、あの男の人の後ろ姿が見えたからだ。ちょうど複合ビルの前辺り。ビルには向かわず、そのまま前を通り過ぎていく。

私は彼のあとを追った。ビルの中で涼むつもりだったのに、暑さのことはもう気にならなかった。日陰が全然ない舗道を、男の人はするすると歩いていく。あの道の先には人工湖がある。

私は彼に集中しすぎていた。敷石がひとつ欠けている場所に足を取られて、思いっきり転んでしまった。顔から倒れるのはどうにか回避したけれど、膝と手を強か(したた)に地面に打ち付けた。血が出たのは掌だったけれど、ひどく痛むのは膝で、私は立ち上がれずに蹲(うずくま)った。足元にふっと影が落ち、見上げると、彼がいた。

「立てる？」

男の人は私に向かって手を差し出した。私の中で痛みよりも胸のドキドキのほうが大きくなって、私はその手を摑んだ。彼は手を引きながら、私の背中に手を回し、起き上がらせてくれた。

「歩けるかな？」

私は頷いた。実際、立ち上がれなかったのは痛みよりも転んだショックのほうが――なんというか、転ぶべくして転んだと思えたことが――大きかったのかもしれない。

「僕に何か用事だった？　ずっとあとをつけていたでしょう？」

次に男の人の口から出たのがそれだったので、私は赤くなった。知られていたのか。それで、私が転んだときすぐにわかったのか。

男の人は詰問口調ではなかった。本当に、私の「用事」を知りたがっていて、自分にできることならしてあげたいという顔で、私をやさしく見下ろしていた。私は顔だけでなく頭の中まで真っ赤になった。真っ赤な渦がぐるぐると回っていた。

「ボート」

気がつくと私はそう言っていた。

「ボート？」

「湖で、ボートに乗りたいです、あなたと。それ……それが用事です」

男の人はしばらく考えるふうだった。それからニコッと笑って「いいよ」と言った。彼は、私の手を握ったままだった。私たちは手を繋いで歩き出した。今や太陽光線よりも、私自身のほうが熱かった。

観光地と言ってもここは寂れた観光地だ。

唯一の観光資源である人工湖を訪れるのは、うっかり間違って来てしまった他県の人たち、でなければ地元の「やりたい盛りのガキども」か「熟年不倫カップル」だけだ（と地元では言われている）。

連休中にもかかわらず、湖にボートは一艘も浮かんでいなかった。ボート乗り場へ行くと誰もいなくて、休みだろうかとガッカリしかけたら、スワン型の足漕ぎボートの中で昼寝していたらしいおじさんが、むっくりと起き上がった。

「あれに乗る？」

とリーさんが――人工湖までの道で、私は彼の名前を聞き、私の名前を彼に教えていた――言ったけれど、私は首を振った。はじめてのデートは、普通の手漕ぎボートと決まっている。そうだ、これは私にとってのはじめてのデートなのだ、と私はそのとき気づいた――というか、決めた。

おじさんが艫綱（ともづな）を解いてくれた手漕ぎボートに、リーさんが先に乗り、私に手を貸してくれた。いってらっしゃい、とおじさんが言った。ボートに乗る人には言うのがおじさんの決まりなのかもしれないけれど、私は、私にだけ特別に言ってくれたような気がした。

リーさんはオールを取って漕ぎ出した。ボートは魔法みたいに湖面を滑っていく。リーさんはふとオールから手を離すと、傍に置いていたコートを取った。

「日差しが強いから、これを被ってるといい」

日差しのことなんてまったく気にならなかったけれど、私はコートを受け取って、頭から被った。近くで見るとその服はところどころがほつれていたりかぎ裂きがあったりして、なんだか、すごく長い旅をしてきたみたいに感じられた。ふわっと、男の人の匂いがした。

「どうしてボートに乗りたかったの」

再び漕ぎ出しながら、リーさんが聞いた。

「ボートに乗りたかったんじゃない。リーさんと、ボートに乗りたかったんです」

　私は思い切って、そう言った。

「どうして？」

　と聞くリーさんは、とぼけているわけじゃなくて、本当にどうしてなのかわからないみたいだった。私のことを子供だと思っているのかもしれない。

「リーさんは私の、運命の人だから」

　自分の口から出てきた言葉に自分でびっくりした。でも、本当のことだった。そう、リーさんは運命の人なのだ。最初にバス停の前で出会ったときから、私はそう感じていたのだ。

　リーさんはちょっとびっくりしたようだった。私の顔をまじまじと見た。それからふっと笑った。

「君は、彼女にちょっと似てる」

「彼女って？」

「僕の運命の人」

　私の顔と頭はまた真っ赤になって、頭の中は渦を巻いた。彼にはちゃんと彼の運命の人がいるのだという絶望と、その人が私に「ちょっと似てる」という嬉しさと、このふたつの感情のブレンドをどう処理していいかわからないという混乱の渦だ。

「その人、大人？」

そして私の口から出てきたのはそんな質問だった。ばかみたい。まるで子供の質問だ。リーさんはその人の姿を探すみたいに向こう岸のほうを見た。その横顔に、私の中の渦は激しくなった。

「うん、大人だね。子供っぽいところもあるけど」

「その人とエッチした？」

私はまたばかみたいなことを聞いてしまった。

「エッチ？」

リーさんは眉を寄せた。答えたくないからではなくて、エッチの意味がわからないらしい。そして私の表情を見て、何かを察したようだった。リーさんが首を振ったので私はびっくりした。

「してないの？　運命の人で、大人なのに？」

「大人であることと、そのこととは関係ないと僕は思うよ」

「エッチしなくても大人になれるの？」

「うん」

「どうやって？」

うーん……と、リーさんは少し考えた。

「今、見えているものだけじゃなくて、見えてないものも見えるようになると、大人かな」

「なにそれ。幽霊とか？」

私が唇を尖らせると、リーさんはフフッと笑った。まるきり私を子供扱いしている顔だった。

「僕が言っている意味がわかるようになったら、大人だよ」

ボートは湖の中央に差し掛かっていた。私はコートから頭を出した。この人工湖のボートに乗るのは、小さいとき祖父と乗って以来だった。自分たちだけでボートに乗れる歳になったら、恋人以外と乗るのは恥ずかしいことだ、という暗黙の常識（？）みたいなのが私たちが住む地域にはある。

湖面も空もキラキラしていた。湖の上から見ると、知っている町が知らない町みたいに見えた。晴れでも曇りでも雨の日でも、夏でも冬でも、いつでも薄く埃を被っているみたいな、つまらない退屈な町が、とてもきれいな、いいことがたくさん起きているような、起こりそうな町に見える。

「見えてないものも見えるようになる」ってこういうことかな、とちょっと思ったけれど、また子供扱いされそうな気もしたから、黙っていた。私はまたコートを被った。日差しを遮るためではなしに。

「リーさんの運命の人が、私に似てるって、本当?」

顔を隠して私はそう聞いた。うん、とリーさんは頷いた。

「たとえば、どこが?」

「目かな。クリッとしてて、笑うとちょっとタレてて」

「その人、きれい?」

「僕のタイプなんだ」

「じゃあ私も、リーさんのタイプ?」

リーさんはやさしい目で私を見た。

「うん。君が大人になったらね」

結局それか。今の私はまだタイプではないということか。私はガッカリしたけれど、リーさんのその言葉は約束みたいでもあった。私のためだけの、私しか知らない、大事な約束。

リーさんが大きく腕を動かして、ボートはスピードを上げた。漕ぎながら空を仰ぐ彼の顔はめちゃくちゃ素敵で、やっぱり私のタイプど真ん中だった。ボートは対岸に近づこうとしていた。

「あのお城には誰か住んでるの?」

リーさんが聞いた。私は返事に詰まった。だってその白亜のお城は、ラブホテルだったから。この湖でボートに乗ったら、その三回後のデートであのお城へ行く、というのが、この辺りのティーンエイジャーの定番コースだ。

「もう、誰も住んでない」

私はそう答えた。リーさんは頷いた。

「彼女と出会った国にも、ああいうお城があったんだ」

その瞬間、私に見えているのはラブホテルではなくなった。外国の、その昔王様とお后様が暮らしていた、古いお城になった。

ボートはボート乗り場に戻り、リーさんとはそこで別れた。別れるとき、握手した。彼のほうから手を差し出したのだ。彼の手は温かくて大きくて、私はまた赤くなった。私はしばらくの間、リーさんの後ろ姿を見送っていた。彼はなにも言わなかったけれど、きっとこれから運命の人に会いに行くんだろうと私にはわかった。

ボートに乗るときに電源を切っていたスマホの電源を入れて、びっくりした。きっと鬼のように入っているだろうと思っていた優香からのＬＩＮＥメッセージが、ひとつも入っていなかったからだ。さらにびっくりしたのは時間が三十分足らずしか経っていないことだった。二時間も三時間も、ボートに乗っていたような気がしたのに。

ファミレスの前に戻ると、優香と駿くんもちょうど来たところだった。どこ行ってたの、と聞かれることもなかったが、もし聞かれたら、「遠いところ」と私は答えただろう。それから予定通りにファミレスに入ったけれど、恭一くんとのデートの対策については話し合わなかった。「恭一くんとはデートはしない」と私が言ったからだ。「また四人でここに来るのはかまわない」とも言った。そうすれば、この前は見えなかった恭一くんの何かが、見えるかもしれない。見えないかもしれないし、私が運命の人に会えるのは、もっとずっとずっと先なのかもしれない。私はそう考えていた。そのことは優香たちには言わなかったから、優香と駿くんは、私が恭一くんとのデートをやめたことを思いなおすようにとあれこれ説得をはじめた。

でも、私の耳には届かなかった。だって子供のたわ言だったから。パイナップル柄のキャミワンピの優香と、ドクロ柄のシャツに半パンの駿くんと、赤いTシャツにブルーデニムの私。三人の中で今、いちばん大人なのは私だ、と思っていた。

真木とマキ、あるいはきっと辿り着ける場所

「やだ。なにこれ」

渡したレジ袋から、品物を取り出していた妻の瑤子が言った。小言がはじまるとわかる口調だから、僕は早々にうんざりする。

「なんでカレールーなんか買ってきたの？　カレー粉は？」

「え？　だからそれ、カレー粉だろ」

「カレー粉とカレールーは全然、べつものなんだけど、わからない？　これが粉に見える？」

キッチンカウンターの向こうから、カレールーの箱を突きつけられた。

「それじゃだめなのか」

「だから、カレー作るわけじゃないから。そう言ったの、聞いてなかった？　お肉を漬け

込むタレに、カレー粉が必要なの」

　このタイミングで二階から降りてきたらしい娘の真木（まき）が、リビングの入口で立ったまま、口を挟んだほうがいいのか悪いのか迷っている。今日から肉をタレに漬け込んでおく必要があるのは、明日の昼、真木の恋人がこの家に挨拶にやってくるからだ。

「わかったよ」

　膝の上に広げたばかりの新聞を僕は雑にたたみ、ソファから立ち上がった。

「もう一回行ってくるよ。カレー粉だけでいいんだな」

「今すぐじゃなくても……」

　瑤子が何か言ったが、無視してリビングを出た。すれ違いざま、真木がこちらをちらりと見た。二十六歳になる娘は、いつから僕のことをあんな目で見るようになったのだろう。きっと明日やってくる男と恋仲になった頃からだろう。

　自転車を漕ぐ。

　たちまち汗が噴き出してくる。数日前に梅雨明け宣言があり、雨は降らなくなったが蒸し暑さが威力を増している。

　午後二時を回ったところだ。今さっき通ったばかりの道を、スーパーへと向かう。明日のための買い物は昨日のうちに瑤子がすませていた。今朝になって、カレー粉を切らしていたと大騒ぎするので、ほかの二、三の追加品を書いたメモを持って、僕が買ってきてやったのだった。その結果がこれだ。カレー粉と書かれていたのはたしかだが、「カレー」しか目に入らなかった。カレーといえばあの箱のやつだろう。これが粉に見える？　瑤子から投げつけられた言葉を思い出して、ペダルを踏み込む足に力が入った。なんだ、あの言いかたは。ばかにしやがって。そんなにカレー粉が必要だったのならもっとちゃんと説明すればよかったんだ。カレールーだって砕けば粉だ。砕け。砕け。砕け。

スーパーの前まで来たがスピードを緩める気にならず、そのまま通り過ぎてしまった。自分がどうするつもりなのかわからないまま、ぐんぐんと漕いでいく。

最寄り駅まで来てしまった。駅前の駐輪場に自転車を停め、駅舎に入った。自分ではない何者かに操られているように、Ｓｕｉｃａで改札を通り抜け、ちょうど入ってきた電車に乗った。十数分でターミナル駅に着いた。おいおい、どうする気なんだ。自分、あるいは何者かに言う。まだ間に合う、まだＵターンできる、まだカレー粉を買って帰れる、遅くなった言い訳もまだできる。そう思いながら、電光掲示板を見上げ、次の列車の時間をたしかめ、東京行きの指定席特急券をカードで買った。

指定席は二人並びの列の窓側だった。発車までまだ十分ある、と思いながらそこに座った。身なりはチノパンにＴシャツ、持ちものは財布とスマホだけだった。馬鹿げてる。これで東京まで行って、どうしようというんだ。どうなるんだ。

しかし立ち上がる気にはならなかった。馬鹿げてるという気持ち以上に、家に戻りたくないという気持ちがある。来た道を戻り、スーパーでカレー粉を買って、家に戻って瑤子に渡し、嫌味のように労いの言葉をかけられ、真木からはまたあの目で見られて、ソファで新聞を読むふりをしながら、明日までの時間を潰す。そして明日になれば会ったこともない男がやってきて、お嬢さんをくださいとかなんとか言って、その横で真木が恥ずかしそうな顔をしていて、たぶん瑤子はニコニコ笑っていて、僕はまあおひとつ、とビールを男のグラスに傾け、乾杯して、娘をよろしくお願いします、と頭を下げたりするんだろう。なんで頭を下げなきゃならないんだ、なんで承知しなきゃならないんだ、男に門前払いを食わせるという選択肢がなぜないんだ（その理由はじつはわかっている、門前払いなど食わせたら、その瞬間から娘に口を利いてもらえなくなるからだ、そして一晩中瑤子の小言を浴びせられる羽目になるからだ）。

黒い影がふっとあらわれ、通路を隔てた横の席に、青年が腰をかけた。ほとんど同時に列車は動き出した。ああ、もうどうしようもない。もう戻れない。列車の揺れとともに体の中に満ちてくるのは、不安と安堵がちょうど半量ずつくらいだった。僕はスマートフォンの電源を切った。

次の停車駅までは四十五分ある。

そこで降りて戻れば、まだ言い訳もできるだろう。本屋でつい立ち読みに熱中してしまったとか、会社の同僚にばったり会って話し込むことになったとか。スマートフォンの電源を切っていたことについては……まあなんとか言い抜けられるだろう。

とにかく猶予はある。次の駅で降りるか、降りないか。降りない場合、どうするのか。東京まで行くのか。そしてそのまま蒸発するのか……。

蒸発。

自分が思い浮かべた言葉に自分でびっくりした。僕は蒸発しようとしているのか。三十年の結婚生活と、三十二年の勤続を捨てようとしているのか。

いや、だから考えるんだ。考えろ。そう自分に言いながら、意識はなぜか通路の向こうの青年のほうに向いた。物音も立てず、ただじっと座っているだけなのに、妙に気になってしまう。ひとつには、青年が恐ろしく「イケメン」だということがある。女性はともかく男性の容姿にはほとんど関心がない僕がハッとするほど、青年は、顔というよりその佇まい全体が美しかった。

いや、男を盗み見ている場合じゃないだろ。再び、自分に言い、座り直したときだった。車両前方のドアが開き、女性がひとり入ってきた。真木と同じくらいの年頃の、小柄で可愛らしい感じの娘。ディズニーの白雪姫を思い出させる、ちょうちん袖のワンピースを着ている。

そんなにジロジロ見ていたつもりもなかったが、目が合ってしまった。そのまま娘はつかつかと近づいてくる。なんだなんだと思っていると、娘は僕の隣の空席にストンと座った。

「愛人になってください」

「え？」

「今だけでいいんです。愛人ってことにしてください。お願いします」

「え？　愛人？　え？　なんで？」

「悪い男に追われてるんです。だからあなたが、私の連れってことで」

「じゃあ車掌さんに言わないと」

「そういうことじゃないんです。お願いします。お願いします」

「そういうことじゃないって……」

どういうことなんだ。混乱していると、またドアが開いて、今度は若い男が入ってきた。キョロキョロと、左右の座席をたしかめながら早足で歩いてくる。

「マキッ！」

男が声を発した。周囲の耳を気にして抑えていることはわかったが、怒りと当惑に満ちた声だった。それにしても今、「マキ」と呼んだのか？　年頃だけではなく名前まで僕の娘と同じなのか？

「何やってんだ、そこ、人の席だろう」

「人の席じゃないもん、あたしの席だもん」

娘はさっき僕に嘆願したときとは違う、子供みたいな口調になって言い返した。

「この人、あたしの恋人なの。あたしのこと追いかけてきて一緒の列車に乗ってたのよ。あたしやっぱり、この人のことが忘れられない。トオルとは結婚しない」

娘は一気にまくしたて、トオルと呼ばれた男はジロリと僕を見た。

バフ色の麻のジャケット、白のTシャツ、穿き込んだ感じのデニム。あれは自分で穿き込んだんじゃなくて、ビンテージだかダメージ加工だか、そういうものを高い金を出して買ったんだろう。会社の部下にそういうやつがいて、雰囲気が似ている。きっと真木が明日連れてくる男もこういうやつなんだろう。きっとそうだ。

「申し訳ないが、お引き取り願えますか。ほかの乗客のかたにも迷惑だし……マキも、こう言っているのでね」

気がつくと僕はそう言っていた。もちろんこれまで愛人なんてものになった経験はないのに、その言葉は妙にすらすらと、それらしく響いた。男の顔が赤くなった。怒り出すのかと思って僕は一瞬、身構えたが、どうやらそれは敗北感からの赤面だったらしい。男は何も言い返さずに踵（きびす）を返した。僕は心の中で快哉（かいさい）を叫んだ。

僕は窓のほうへ体を寄せる。

というのは、男の姿が車両から見えなくなると、マキという名の娘は小さな声で「ありがとうございました」と僕に言ったが、そのあとすぐ、じわじわと僕から遠ざかるように尻を動かしはじめたからだ。

もちろん僕は、さっきのことで恩に着せるつもりはないし、これをきっかけにこの娘とどうにかなろうなどとは露ほども思っていない。それを主張するには窓のほうへ詰めるしかない。詰めても、マキとの間の空間を意識しすぎるせいで、尻の左側の筋肉が痛くなってきた。

これは次の駅で降りろという、天の配剤みたいなものだろうか。いや、もしかしたら降りずに座っていれば、何かのきっかけでマキと仲良くなって、本物の恋人同士として、東京であたらしい人生がはじまるのかもしれない。いや、何を考えているんだ。そんなことは望んでいない。いや、だが、マキとの出会いがきっかけとなって、東京で再出発することになるのではないか。いや、待て、マキは関係ない。この娘のことはもう考えるな。もうかかわるな。

再出発。

それで、僕はその言葉について考えはじめる。昨日、僕はその言葉を聞いた。本部長が僕に言った。職場の片隅の、半透明のパーテーションで区切られた、顧客用の応接スペースで。前日、メールで指示された通りに、午後一時きっかりにそこで座って待っていると、少し遅れて本部長が入ってきて、狭い空間はたちまち彼の整髪料の匂いに満たされた。でも最初はまったく気にならなかった。栄転の通達だと思い込んでいたからだ。おめでたい僕。本社の営業部長になるのは同僚の吉岡で、僕は支店長として小さな町に飛ばされることになった。会社のお荷物的な社員を集めた、ろくな成果の話が聞こえてこない支店だ。なぜですか。僕は聞いた。営業成績は吉岡より僕のほうがずっといい。部下の信頼も篤いつもりだ。君の手腕で盛り上げてほしい。本部長はそう言った。そう言うしかなかったのだろう、吉岡の縁故のことを言わないとすれば。あたらしい場所で再出発してほしい。本部長は僕に手を差し出しながら、そう言った。あたらしい場所とか再出発とか、ここでそういう言葉を使うんだなと僕は思った。握手なんかしたくなかったが、しなかったところで事態が変わるわけもないのはわかっていたから、僕は本部長の手を握り返した。屈辱的な握手だった。するべきじゃなかった。

鼻をすする音が聞こえてきた。しゃくり上げている気配も。マキは泣いているらしい。どうしてだ。「悪い男」から逃れられた安堵か。しかしさっきの男は、いけすかないやつだったとしても、悪い男には見えなかった。悪い男だったら、僕にくってかかるなり、力ずくでマキを連れて行ったりしただろう。まあ、「悪い」にはいろんな意味があるんだろうが……。あの男からすれば、悪いのはマキということになるだろう。結婚まで考えていたのに、父親と同じくらいの年頃の「愛人」がいて、その男を選ぶと言い出したんだから。でもそれは嘘なのだ。あの男が一般的な意味での「悪い男」ではないとしたら、嘘をついてまであの男から離れる理由はなんなのか。何故泣いているのか。聞いてやったほうがいいんじゃないのか。

黒い影が動いた。

通路の向こうの青年が立ち上がり、マキの横に屈み込んだ。青年が何か言い、マキが頷いている。それからふたりは連れ立って通路の向こうの席へ行った。青年が、空いている窓側の席にずれたので、青年、マキ、通路、空席、僕、という並びになった。話してごらんよ、という青年の声が耳に届いた。僕がやるべきだったことを、彼がやっているらしい。

マキはぽつぽつ話しはじめた。とても小さな声なのに、「今日の夜、彼の家族にはじめて会うんです」という彼女の声がなぜかはっきりと聞き取れた。

「彼のこと、きらいじゃないんでしょう」

青年が言った。マキが頷いたことが僕にはわかった。

「でも……この服がヘンだって」

「君の服？　どうしてだろう？　とても可愛いのに」

マキはしゃくり上げた。しばらくの間泣いていた。

「私のセンスは変わってるって……ふたりだけのときはいいけど、彼の家族はふつうの人たちだから、びっくりするって……」

「それでケンカしたの？」

「東京に着いたら違う服を買ってあげるって言われて……私は、そんなのいらないって言って……それで……」

「そうか。それは、彼が悪いと僕は思う」

またしゃくり上げる声。さっきまでよりも盛大に泣きはじめた。

「いつもより全然、ちゃんとした服なのに。彼のお父さんとお母さんに会うから、すごく、すごく考えて、この服選んだのに」

「うん、うん。そうだよね」

「大っきらい、トオルなんか」

僕は心中、苦笑する。他愛もないケンカじゃないか。あの男だって悪気があって「服を買ってあげる」と言ったわけではないだろう。今、通路の向こうで、黒い服の青年もそう言っている。彼も緊張していたのかもしれないよ、と。そうだ、僕もそうだと思う。緊張して、何か役に立つことをしなくちゃと焦って、それで服を買うとか、へんなことを思いついてしまったんだと思うな。うん、その通りだと僕は思う。僕がマキに言ってやりたいことを、黒い服の青年が言って聞かせている。

それにしても——と僕は思う。これは奇遇ってやつだな。うちには明日、真木の相手が挨拶に来る、この娘は今日、相手の親に挨拶に行く。この娘の両親は、そのことを知っているのだろうか。家でやきもきしながら報告を待っているのだろうか。あのときの僕がそうだったように、マキの父親も、なんで娘が先にあっちに挨拶するんだ、相手の男が先にこっちに挨拶に来るべきじゃないのか、と思っていたりするのだろうか。そしてもしかしたらその父親も、勤め人としても父親としても、コツコツ積み上げてきたものが全部持っていかれたみたいな、もう何もかもバカバカしくてやってられるかみたいな気持ちになっているんじゃないのだろうか。

ガタン、と列車がへんな揺れかたをして止まった。

停止信号か何かだろうか。だが、アナウンスはなく、いつまで経っても動き出さない。マキが不安そうに身じろぎしている。大丈夫だよ、と黒い服の青年が声をかけている。この男はいったい何者なんだろう、という思いがふと浮かぶ。じつのところ僕も少し不安になってきたのだが、黒い服の青年の声を聞くと、心の波立ちが一瞬かもしれないがすっと収まるようであるからだ。

乗客の何人かが立ち上がったり、ほかの車両へ行ったりしはじめた。この車両に入ってくる者たちもいる。あきらかに不穏な気配が満ちてきて、マキはとうとう立ち上がってキョロキョロしはじめた。僕は気づいた——この娘は、何が起きているか知りたがっているわけではないのだ。この不測の事態に、トオルが再びこの車両までやってくるかもしれないと気にしているのだ。そして間違いなくマキは、彼が来るのを待っているのだ。

だが、トオルはあらわれなかった。彼を責めることはできないだろう、マキは「愛人」と一緒にいることになってるんだから。トオルのかわりに、前方の車両へ行っていた客たちが戻ってきて、「事故」「トラック」といった言葉が聞こえてきた。そのまま三十分あまり待たされて、ようやくアナウンスが流れた。前方の踏切でトラックが横転して、積載物が散乱しているらしい。復旧に時間がかかるので、乗客は列車を降りて約一キロ先の駅まで歩いてほしい、とのことだった。

乗客たちは不満の声を上げつつ、降りる支度をはじめた。「行こう」と黒い服の青年がマキを促した。マキは悄然とした様子で、それでも青年についていく。「愛人」である僕のことは今はすっかり念頭から消え去っているようだ。通路でまたしばらく待たされた後、僕はふたりに続いて列車から降りた。

むっとした曇天の下、隊列になって、線路の脇を歩いていく。日差しがないぶん助かっているが、それでも暑い。まっすぐ歩いてくださいー。ご迷惑をおかけしますー。線路を逸れないようにお願いしますー。案内というよりは僕らを囲い込むように駅員が何人か出ている。

前方で声が上がった。最初に見えるのは駅だとばかり思っていたが、その手前に踏切があってそこが事故現場だった。横転しているのは幌付きの大型トラックだった。パトカーなど何台かの車両に囲まれていたが、救急車が見当たらないから、運転手はもう助け出された後なのかもしれない。段ボールが手前のほうまでいくつも投げ出されて、そこから転がり出ているのはアボカドだった。辺りはアボカドの海みたいになっている。割れたり潰れたりしているものも多く、これはたしかに片付けるのは大変だろう。

「あっ」

マキが小さく声を上げた。その顔が向けられた方向を見ると、トオルがいた。しゃがみ込んでアボカドを拾っている。

マキはそろそろとそちらに近づいていった。だが、少し手前で足を止めた。どうしたらいいか考えているふうだ。すると黒い服の青年がすたすたと歩いて、アボカドを拾った。彼はそれをトオルのところまで持っていった。トオルの傍らに、彼がアボカドを集めている段ボール箱があったのだ。黒い服の青年はそこにアボカドを入れた。トオルは不思議そうに顔を上げたが、すぐまた元の姿勢に戻って、カニのように横這いしながら、離れた場所のアボカドを拾いに行った。

その表情を見て僕にはわかった——トオルはたぶん、鉄道会社や乗客のために作業しているわけではないのだ。彼は彼の心を落ち着かせる必要が、あるいはマキのことで塞がれている心をどこかほかに向ける必要があって、こうしているのだ。常識的に考えれば、この状況で乗客のひとりが散乱した積載物を拾っているというのは、鉄道会社にとってありがた迷惑でしかないだろう（トオルがいるところは死角になっているようで、駅員たちはまだ気がついていない）。そんなふうに考えながら、僕もアボカドを拾いにいった。そしてトオルの横の段ボールにそれをそっと入れると、トオルは物憂げに顔を上げ、ぎょっとした表情になった。

「ごめん」

と僕は言った。

「さっきのは嘘なんだ。誓って言うけど、彼女とは、列車の中ではじめて会ったんだよ」

トオルはしばらく黙って僕の顔を見ていたが、やがて「信じます」と頷いた。

「そんな気もしてました。今、確信しました。よかった」

「彼女と話してごらんよ」

僕がそう言ったとき、トオルはもう僕を見ていなかった。彼が見ていたのはマキだった。僕のすぐ後ろに来ていたのだ。

その斜め後ろに、黒い服の青年がいた。両手にアボカドを持っているのがなんだか可愛らしくて、可笑しかった。黒い服の青年と僕は顔を見合わせた。そして僕と青年は、たぶん同時に念じた。謝れ謝れ謝れ。

「ごめん」

果たして、トオルが謝った。よし。

マキが泣き出した。「うわーん」としか聞こえなかったが、それが「ごめん」であることは、僕だけでなく黒い服の青年にも、トオルにもわかっただろう。

僕と黒い服の青年は微笑み合った。なんだかスポーツの試合で勝利が決まったときみたいな気分だった。

駅員が数名、こちらに向かって走ってくる。早く隣駅へ行ってください、と僕らは怒られた。

山肌にポツンと貼りついているような、小さな駅だった。僕らは植え込みをまたいで駅舎の中に入った。

その駅前に、僕らを次の特急停車駅まで運ぶバスがやってくるとのことだった。乗客全員が乗れるだけの台数を臨時で出すと駅員は強調したが、乗客たちは我先にと停留所へと向かっていった。駅舎の中で待つことにした数人の中に僕らはいた。

木製のベンチは年寄りたちに譲って、僕らは掲示板の前に立っていた。マキとトオルは寄り添って、ふたりだけでボソボソと話していた。マキがクスクス笑う声がして、そちらを見ると、トオルもニヤッと笑って、僕に小さく会釈した。僕がマキの芝居に乗ってやったことや、そのときの僕の科白なんかを思い出して笑っているのかもしれない。いい気なものだ。しかしそんな彼らを見ているのは悪い気分ではなかった。

黒い服の青年は、めずらしそうに掲示板のポスターを眺めていた。温泉街のポスターだ。僕の視線に気がついて、振り向いてニコッと笑った。本当にきれいな男だ。微笑みかけられるたび、ちょっとドギマギする。そして不思議なことに、なんとなく体が軽くなってくるような気もする。

「急ぎの旅じゃないのかい？」

と僕は聞いてみた。本当は、君は何者なんだいと聞いてみたかったのだが。

「急いでないわけじゃないですけど」

青年は少し困ったような顔で答えた。

「大丈夫です。絶対に辿り着けますから」

「どこに？」

僕は間が抜けた質問をしてしまった。

「僕が行きたい場所に。インドの格言にあるそうです。〝間違った電車が、ときには目的地に連れていってくれる〟」

青年はまたしても僕をドギマギさせた——つまり彼は、ひどく楽しげに微笑んでいた。きっと彼にその格言を教えた誰かのことを思い出しているのだろう。

それから僕らはどちらからともなく、マキとトオルのほうを見た。彼らも、もう急がないことにしたのだろうか。今夜、彼の両親に会えなくなったとしても、彼らが行きたい場所には辿り着けるのだろう、きっと。

ふたりがこちらを向いた。トオルに耳打ちされて、マキが僕らのほうへやってきた。

「ご迷惑をかけて、すみませんでした」

子供がはじめて覚えた言葉を口にするみたいにマキがそう言ったから、僕は思わず笑ってしまった。

「仲直りできたみたいでホッとしたよ。君たちに会えてよかった」

「握手させてください」

トオルも来て、そう言った。僕らは握手した。

「彼女を幸せにしてやってくれ」

僕は言った。言えた、と思った。きっとあともう一度、もっとうまく言えるだろう。

黒い服の青年も僕に手を差し出した。

「あなたはいい人ですね」

「君が辿り着けるように祈ってるよ」

バスが近づいてくるのが見えた。待っていた乗客たちから失望の声が上がる。彼らが待っていたバスではなかったからだ。あれは僕の家がある町のほうへ向かうバスだ。

「じゃあ!」

と片手を挙げて歩き出した僕を、マキとトオルは不思議そうに見た。黒い服の青年だけが頷いた。僕はスマートフォンの電源を入れた。瑤子からの着信が五件、真木からも一件入っている。僕は真木の番号を押した。

「もしもし？　お父さん？　どこ？　どうしたの？」

「ごめん。今から帰るよ。バスに乗るから、またあとで。お母さんにも謝っておいて。これから帰るからって──ちょっと遅くなったけど、カレー粉もちゃんと買って帰るからって伝えて」

質問を止めようとしない娘をどうにか説き伏せて電話を切ると、僕はバスに向かって駆け出した。

偽物の暖炉の本物の炎

くっきりした線だった。

たしかなものなんか何ひとつ得たことがない私の人生の二十六年目にあらわれた、はじめてのたしかなものだとも言えた。でも、全然嬉しくなかった。

その線のことで頭をいっぱいにしながら、私は家のドアを開けた。私の家ではない。誰も住んでいない家。私には絶対に住めないだろう家。今日は日曜日で、この住宅展示場にはたくさんの客がやってくる。ゴミやホコリが落ちていないか、オープン前に家の中を確認しておかなければならない。

入った瞬間に、何か違うな、という感じがした。この家の中には昨日も入っていた。昨日入ったときと、何かが違う。壁の額や棚の上の花瓶はちゃんと土曜日のままそこにあるし、家具の位置が変わっているわけではない。同じなのに、はじめて入る家みたいに感じられる。

私はいくらか緊張しながら、そろそろと家の中に踏み込んだ。廊下とリビングを区切るドアを開けると、暖炉の火が赤々と燃えていた。真夏なのに。最初に思ったのはそのことで、この暖炉に火が燃えているはずがない、と気がついたのはそのあとだった。暖炉ふうのくぼみは作ってあるが、煙突などなく、そこは電気ストーブや灯油ストーブを置くスペースなのだ。そして現状、ストーブも置かれていない。

火が見えたのは私の錯覚だった。とにかく、錯覚だと思うことにした——あらためて見たら、火は燃えておらず、そこはただのくぼみだったから。くぼみの横に、男性がひとり腰を下ろして眠っていた。こちらは錯覚ではなかった。近づいても男性の姿は消えなかった。真夏なのに。やっぱり私はそう思った。まるで雪深い山奥で遭難した人みたいに、黒いコートの中で身を縮こめて、眉根に微かにしわを寄せて眠り込んでいる。暖炉の火が見えたときと同じに、ここに彼がいることの不思議は最初はあまり感じなかった。とてもきれいな顔をした人で、私はきれいな風景を見るように、その顔に見入ってしまった。

不意に、男性が目をぱっちり開けた。彼はしばらく、不思議そうに私を見ていた。それから居住まいを正して、「すみません」と頭を下げた。

「うっかり眠ってしまったみたいです」

「あなたは誰?」

私は聞いた。彼は名前らしきものを口にしたが、私にわかったのは「リー」の部分だけだった。

「本社の人？」

リーさんが何か言おうとしたとき、玄関のほうで人声がした。私が動くより先に、リーさんが動いた。私はハッとして腕時計をたしかめた——午前十時過ぎ。ここへは九時前に来たはずなのに、いつのまにそんなに時間が経ったのだろう。

「おはようございます」

リーさんの声が響いた。さっきよりも格段に落ち着いた、明朗な声。彼のエスコートで、夫婦連れの客がふた組入ってきた。家の中よりもあきらかにリーさんにぼうっとなっている。

「おはようございます。どうぞごゆっくりご覧ください」

私は慌てて営業用の笑顔を作った。

リーさんのおかげで、その日私は、これまでにない成果を挙げた。たくさんのお客がアンケートに回答し、顧客名簿に名前と住所を書いてくれた。成約しても、派遣社員の私には歩合給のようなものは入ってこないけれど、契約期間の延長には繋がるかもしれない。

リーさんと私は一緒にその家を出た。

「じゃあ、また明日」

と彼が言ったから、私は少しびっくりしながら、

「明日は私は来ないわ。ここの仕事は、週末だけだから」

と言った。そうだったのかというふうに彼は頷いた。

「じゃあ、また来週」

「また来週」

住宅展示場の入口で手を振り合って左右に分かれた。ということは来週も彼は来るのだ。やっぱり本社の人なのだろうか。そうではないだろう、と私はわかっていたような気がするけれど、いずれにしても、彼と再び会えるのは嬉しかった。

その一方で、来週の自分のことを考えると、気持ちが沈んだ。来週の私は、どんな気分でいることか。それを考えたくなかった。

今日は大介（だいすけ）の家に行く約束をしていた。私のアパートがある駅とは反対方向の、三駅先のターミナル駅で電車を降りて、アーケード街の人波を縫って歩いていく。大通りを渡って小道に入ると、大介がこの春に居抜きで買った、小さな古い店舗がある。

「大介」

と私は呼びかけた。彼は表で作業中だった。リフォームにかけるお金がもうないので、

自力でコツコツやっているのだ。

「よう。お疲れ」

大介は振り返って笑顔を向けた。くたくたの白いTシャツにもデニムにも、頬にも緑色のペンキがついている。大介は私よりふたつ年下の二十四歳だ。

「腹、減ってる？」

「そうでもないかな」

本当はかなり空腹だったけれど、私はそう答えた。

「あともうちょっとだから、待っててくれるかな。悪い」

「手伝おうか？」

「いいよ、いいよ。スーツが汚れたらまずいだろ」

いつものやりとり。汚れてもいい服を持ってきて、この家に置いておけばいつでも手伝えると思うのだが、それを言い出すことができずにいる。そもそも大介が、はじめて持つことになる自分の店のリフォームを、私に手伝ってほしいと思っているのかどうかもわからない。

それで、私は道路脇に突っ立って、彼の作業を眺めていた。二階が住居になっているから、そこで待っていてもよかったのだが、まだエアコンが取り付けられておらず、ひどく暑いことがわかっていたから。それに大介も、上がって待ってたらとは言わなかった。彼は作業に夢中になりすぎて、私が来ていることも忘れてしまったみたいで、立ち上がって私に気づき、「わっ、ごめん」とびっくりしていた。

彼がペンキの汚れを落としてくるのをまた少し待って、私たちは食事に出かけた。節約のためには家で食べたほうがいいのだけれど、厨房がまだ完成していないのと、カセットコンロ調理ではやっぱりこの季節はちょっとつらいので。ここは飲食店だらけの街だけれど、私たちは安いチェーン店にしか入らない。サイゼリヤにしようよ、と私が言うと、大介は了解してくれたけれど、ちょっと意外そうだった——私のほうから何か主張するのはめずらしいから。居酒屋よりも落ち着いた場所に今夜は行きたかった。くっきりした線のことを話すつもりでいたのだ。少なくとも、話せるかもしれない、と思っていた。

でも、やっぱりだめだった。小皿の前菜を肴(さかな)に、二百五十ミリリットル入りのデカンタで赤ワインと白ワインを飲みながら、いつもと同じように、リフォームの進捗具合や、秋からはじめる洋食屋に関しての大介の展望を聞き、相槌を打ったり励ましたりしただけだった。リーさんのことすら私は言わなかった。彼の出現について、うまく説明できる気がしなかったし、くっきりした線とリーさんとはどこかで繫がっているような——くっきりした線があらわれたから彼も私の前にあらわれたかのような——気がしていたから。

店を出ると、大介の家に戻った。二階の部屋に敷きっぱなしになっている布団の上で、ペットボトル入りの麦茶をふたりで交互に飲んで、それから抱き合った。さっきワインを飲んでいるときもそうだったように、大丈夫かな、とちょっと思ったけれど、大介に言えないのならいつも通りにするしかなかった。それに、どうするかはもう決めているんでしょう、と私は自分に言った。大介と抱き合うことは私の生きがいでもあった。そうしているときがいちばん幸せだった。でも、この夜の私は、やっぱりいつもとは少し違っていたようだった。

「仕事でなんかあった？」

終わって、並んで横たわっているときに、大介がそう聞いた。このときに打ち明けることだってできたのに、私はそうしなかった。

「何もないよ。いつも通り」

と私は答えてしまった。

「なんか、元気ない感じがするけど」

大介は私の背中を撫でながら言った。

「この暑さだもん」

実際、私たちは汗だくだった。日中よりはマシとは言え、熱帯夜と言っていい気温だった。

「店だけじゃなくて住まいにもエアコン必要だよなあ。金貯めないと」

「私も協力するよ」

「俺の店なんだから、俺ががんばらないと」

そうだね、と私は小さな声で呟いた。大介には聞こえなかったかもしれない。

「麻里沙は、元気でいてくれればいいよ」

「元気、元気」

私が足をバタバタさせると、大介は笑った。私は彼のこの顔が好きだ。彼にはいつも笑っていてほしい。

突然、大介は私を抱きしめた。好きだよ、と囁く。

「好き。私も」

「今日、泊まれるんだろ？」

「ごめん。だめなんだ」

明日、臨時のシフトが入ってしまったのだと、私は言った。

住宅展示場での仕事は週末だけで、平日は、今は交通量調査のバイトをしている。でも、派遣会社経由で私に回ってくる仕事は短期のものばかりで頻繁に変わるので、大介には把握できていない。だから嘘を吐くのは簡単だった。月曜日には仕事は何も入っていなかった。

月曜日の午前九時に私がいたのは、産婦人科病院の待合室だった。大きなお腹を抱えた妊婦たちの間に身を縮こめるようにして二時間以上待ち、ようやく診察室に通されて、診察台に上がり、超音波検査を受け、「処置」についての説明を聞き、検査時に撮影した写真を一枚渡されて病院を出た。

妊娠検査薬のスティックに浮き出た「プラス」のくっきりした線は、くつがえることはなかった。診察室の中での一連のことは、私の意思とは無関係に、手続きとして決められていたみたいだった。どうかしている、「処置」の日取りを決めた私に、胎児の写真を渡すなんて。ご丁寧にその写真を私に見せながら、私のお腹の中にちゃんと胎児がいることを確認させるなんて。「お相手ともよく相談して、ふたりでよくお考えになってください」だなんて。相談なんかできない。したくない。だからもう決めたのだ。

自分のアパートの前まで戻ってきたとき、スマートフォンが鳴り出した。大介だ。

「昼休みかなと思ってさ。電話、大丈夫？」

「うん、大丈夫。お昼食べて、戻る途中」

私は朗らかな口調で、嘘を吐いた。

「どうしたの？」

「今夜は、会えないんだっけ？」

「ごめん。今日、遅番になっちゃって」

「そうか、残念。あんまり働きすぎんなよ。俺……」

「あ、ごめん。現場に着いちゃったから」

私は電話を切るために、再度嘘を吐いた。実際にはアパートの外階段を上って、自分の部屋に入っただけだった。電話を切らなければならなかったのは、大介と話していたら涙が溢れてきたからだ。彼が何も知らないということが、私のバッグの中に入っているあの写真を彼が見ることがないということが、猛烈に悲しくなった。そうしているのは自分なのに。

大介と付き合うようになって二年が経つ。

出会いはホームセンターだった。ホームセンターの一角のペット売り場の、ヒマラヤンの子猫が入ったショーケースの前。その一週間前に、私は虫除けスプレーを買うためにそのホームセンターに来て、その子猫を見たのだった。片目が赤く充血していて、ふちに目やにがかたまっていた。その時点で子猫は生後六ヵ月で、「大幅値下げ！」の札がついていた。

その日曜日、私はとくに買うものもなく、ホームセンターに出かけた。一週間、子猫のことがずっと頭にあったのだ。子猫はまだいた。そして、そのショーケースの前に、男性がひとり立っていた。それが大介だった。私たちはお互いの存在に気がつかないふりをしながら、子猫からもお互いからも微妙な距離をとって、子猫を眺めた。一週間経って子猫は両目を病んでいた。値段はさらに一万円下がっていた――それでも、私には到底手が届く値段ではなかったけれど。私にできるのは立ち去って、子猫を忘れることだけだったけれど、立ち去る前に、ふと大介のほうを見た。すると向こうも私を見ていた。私たちは何となく微笑し合って、それぞれ、子猫のほうに少しずつ近づいた。結果、私と彼も少し近づくことになった。それが私たちのはじまりだった。

その当時、大介は、隣町のビストロで働いていた。その頃からすでに独立を考えていたらしいが、実際に行動しはじめたのは付き合って一年が過ぎる頃だった。開店資金の算段や物件探し。メニュー構成。彼はひとりで考え、ひとりで実行した。私はデートのたびに、報告だけを受けた。すごいわね。がんばって。よかったね。あと少しね。私はそんな言葉を返しながら、ずっと待っていた——その計画の中に、彼が私を加えてくれる日を。でも、その日が来ないまま、今日まで来てしまった。

強烈な日差しに、私は地面に留めつけられたようになっている。

午前十時の時点で、すでに三十度を超えたとスマートフォンのニュースに流れてきた。今は午後二時だ。何度になっているのか考えたくもない。私は日陰のない十字路に立ち、黒い長袖のスーツ姿で、新築物件の現地説明会会場への道順を示すプラカードを持っている。ペットボトルを携帯することだけは許可されているけれど、日傘と帽子は禁止されている。

午前中の担当だった人と正午に交代して、ここに立ったときから気分が悪い。熱中症になりかけているのか妊娠しているせいなのかわからない。両方かもしれない。三時までだから、あと一時間。たった一時間だ、と私は思おうとするけれど、冷や汗が出て、目の前がチカチカして、吐き気がして、三時はどんどん遠ざかっていくように感じられる。

聞いてみればいいのに。

誰かが私に話しかけている。私の声だ。私が、私に言っている。

聞いてみればいいのに。大介に、聞いてみなさいよ。私はあなたの何なのって、彼に聞くのよ。友人じゃないのよね。セックスしてるんだもの。セックスフレンドかもしれないわね。セックスだけじゃないわよね。セックスだけじゃないって？　食事も一緒にするって？　お喋りも？　そうね、好きだよとも、言ってくれるわね。でもそれはセックスのときだけじゃない？　それに彼、将来のことを何か話す？　彼の将来じゃないわよ、彼とあなたの将来のことよ。店を手伝ってくれって、なぜ言わないのかしら？　もしかしたら、手伝ってくれる人は、ほかにあてがあるんじゃないかしら？　聞いてみたら？

ふっと、目の前が真っ暗になった。自分が倒れるのを感じ、硬い地面にぶつかる衝撃を予期したが、私の体は、ふわりと何かに受け止められた。

目を開けると夜になっていた。

夜なのだろう——傍で燃えている暖炉の炎が、暗がりを照らしているから。昼間の熱暑は気配もなくて、といって寒いわけでもなく、暖炉の熱が、部屋の中を心地いい温度に保っていた。そう——私は部屋の中にいた。先週案内嬢として働いた、モデルハウスの中だ。私はソファに横たわっていて、暖炉の横には、先週と同じように床に座って背中を壁に預けた姿勢で、リーさんがいた。

今日のリーさんは眠ってはいなかった。何か物思いにふけっているようだった彼の目が、私の目を捉えた。彼は立ち上がって私のところに水を持ってきてくれた。グラスに注がれたそれは、グラスに水滴がつくほど冷たかった。この家の水道から水は出ないし、もちろん冷蔵庫も使えないのに——。私がひと息に飲み干すと、リーさんはどこからか二杯目を持ってきた。

「仕事……」

「大丈夫、僕が代わりにやったから」

「あなたが？」

リーさんは頷いた。その間、私はどこにいたのだろう。誰がいつ、どうやって私をここまで運んだのだろうと思ったが、リーさんがそう言うならそうなのだろうと思った。リーさんがいるから、偽物の暖炉の中で炎が燃えていても、冷たい水がどこからか現れても、不思議ではないのだった。

「ありがとう」

お礼を言うと、リーさんは静かに微笑んだ。こんなきれいな顔の男の人は見たことがない、と思うのに、その一方で何か懐かしい感じがあった。まるで、どこかで会ったことがあるような。

「あなたはなぜここにいるの？」

「人を探してるんだ」

「恋人？」

「そう言っていいのかわからない……でも、大事な人なんだ」

「羨ましい」

私は思わず呟いた。私も、大介の恋人でなくてもいい。ただ彼の「大事な人」になりたかった。

「私ね、妊娠してるの」

なぜかリーさんにそれを告げてしまった。誰かに告げたかったのかもしれない。炎に照らされた彼の顔が、ぱっと輝いた。

「おめでとう」

「全然、おめでたくないの。産むことはできないの」

「えっ……どうして」

「相手の人、今がとても大事なときなの。そんなときに子供なんて、困るに決まってる」

「彼にはまだ話してないの？」

「ええ。彼には言わないで、ひとりで処置するつもり」

「処置」という言葉は私の口から硬い石みたいに床に落ちた。リーさんの顔が曇った。

「彼と話さなくちゃだめだよ」

「話したら捨てられるわ」

「捨てられるなんて……彼には家族ができるんだ。君と、赤ん坊と。彼はきっと喜ぶよ」

「私は、いつも捨てられるの」

不意に暖炉の炎があかるくなって、辺りは昼間になった。私は校庭にいた。小学校の昼休みだとわかった。クラスほぼ全員でドッジボールをはじめるところだった。クラスメートたちがふたつのグループに分かれている中で、私だけがひとり、離れたところにぽつんと立っていた。リーダーの男の子ふたりがじゃんけんをして、チームに入れたい者を次々に選んでいく方法でチーム分けをしたのだが、私だけが最後まで選ばれなかった。最後のじゃんけんで負けて、私を押し付けられそうになったリーダーが、「いらない」と言ったので、私はどちらのチームにも入ることができなかったのだ。

その前日までは、べつの女の子が、私のような役回りだった。クラスの中で、その子に話しかけたり一緒になにかをしたりするのは私だけだった。何かのはずみか、それともあらかじめ仕組まれていたことなのか、その日を境に、私が仲間外れにされることに決まってしまった。前日までのいじめられっ子は、ほかの子と一緒になって、私を見ながらニヤニヤしていた。それでも、かつて私がその子にそうしてやったように、その子が——あるいはほかの誰かが途中で声をかけてくれることを期待して、私は突っ立ってドッジボールを見ていた。

見んなよ、と外野にいた男子が言った。誰かが外野の男子にボールを投げると、その男子はボールを私に向かって投げつけた。ボールが顔のすぐ前に迫ってきて、私にできたのは目をぎゅっとつぶることだけだった。ボールは口の端に当たって、私は唇を切ってそのあと数日間、そこが腫れていたはずだった。それが私の記憶だ。でも今、私の中で再現されているというより、二十六歳の私が十二歳の私の体に入って再現されている、その出来事の中では、ボールは私に当たらなかった。黒い影のようなものがさっと私の前に飛び出してきて、そのボールを受け止めたからだ。それはリーさんだった。リーさんは私に向かって微笑んでから、ボールを投げた。受け取ったのは、私の前にいじめられていた子だった。その子はボールを胸に抱いて、私を見た。涙を流していた。

注射器の中から出てきたハート。ハートの左側が男性で、右側が女性。女性のお腹のあたりにも小さなハートが描かれているのは、彼女が妊娠していることをあらわしている。

その絵を、私は意味もなくじっと眺めてしまう。幸せそうなふたり。この幸せを守るために、風疹のワクチンを打ちましょう、と勧めているポスターだ。前回来たときにも貼ってあっただろうか。わからない。思い出せない。産婦人科病院の待合室は、この前とは全然違った場所に感じられる。今日は、妊婦たちの姿はない。待合室にいるのは私とリーさんだけだ。薄暗く感じられるのは、受付カウンターの中の明かりが点いていないせいかもしれない。今は午前八時で、診療時間の開始前だ。その時間に来るように私は言われている。今日は「処置」の日なのだ。

私の決心が変わらないとわかると、明日は自分も一緒に行くとリーさんは言い張った。「処置」のあと、ひとりで帰らせるのは心配だからだと。今朝早く、リーさんは私のアパートの前まで迎えに来てくれた（私は彼にアパートの場所を教えていなかったが、彼が来たことをやっぱり不思議には思わなかった）。まだ気持ちは変わらない？　と彼はここへ来てから、一度だけ聞いた。私は頷いた。昨夜は眠れず、一晩中考えていたけれど、やっぱり妊娠のことを大介に打ち明ける決断はできなかった。そして私は、これが終わったら、大介とは別れるつもりだった。彼に黙って彼の子供を葬ったあとで、これまでのように彼と付き合えるとは思えなかった。

廊下の先のドアが開いて、女性の看護師が顔を出し、「渡合（わたらい）麻里沙さん」と呼んだ。心臓の鼓動が速くなった。あの部屋に入ってしまえば、出てくるときには私と大介の子供は失われている。その事実が今更、重量のある雨みたいに私の全身を濡らした。私は立ち上がることができなかった。ふっと肩に手が置かれるのを感じた。リーさんの手だった。すると私の体は軽くなった。

「行っておいで」

と彼は言った。

私はドアに向かって歩き出した。リーさんはどうして「行っておいで」なんて言ったのだろう、昨日あんなに反対していたのに——と考えていたが、その答えはドアを開ける前に、わかっていたような気がした。ドアを開けると、そこははじめて入る処置室ではなくて、見慣れた場所だった。大介の店舗の二階の、あの部屋だ。

「あれっ。どうしたの」

たたんで端に寄せた布団に寄りかかって、画板がわりの本を膝に乗せて何か書いていた大介が、びっくりした顔を上げた。

「いつ入ってきたんだ？　全然気がつかなかった。今日は仕事休み？」

大介は嬉しそうだった。いつもそうだった、と私は突然気がついた。この人は、いつもこんなふうに嬉しそうな顔で私を見るのだ。

「あのね、知らせたいことがあるの」

私の口は自然に動いた。

「私、妊娠したの」

「えっ」

大介の顔が輝いた。昨日、私がそう言ったときのリーさんと同じ表情だった。

「マジ？」

「うん」

「じゃあ……じゃあさ」

と大介は目を丸くして、口をパクパクさせた。

「結婚しようよ」

「えっ」

思いもよらない言葉だった。私の心臓は再びすごい速さでドキドキしはじめた。さっきとは、違うリズムで。

「いいの？」

「いいよ。っていうか、麻里沙はいいの？」

「いいよ！」

ヤッター！　と叫んで大介が抱きついてきた。私も彼にしがみついた。ずっとプロポーズしたかった、ここで一緒に住もうって言いたかったけどこわくて言い出せなかった、でも次に会ったときに言おうと思ってたんだ、二階にふたりで暮らせるようにプランを考えてたんだ、今もそれを考えてるところだった、子供ができて嬉しい。嬉しい。嬉しい。私の頭の上に大介の頭が載っていて、声というより振動で、彼が熱に浮かされたみたいに喋っている言葉が伝わった。そんなふうに思っていたなんて知らなかった。どうしてわからなかったのだろう。私は自分が今までずっと、厚い特殊な素材の膜みたいなものにぴっちり包まれていたことに気がついた。その膜を作っていたのは私自身だったことにも。

いつの間にか私は声を上げて泣いていた。嗚咽がようやく収まると、私は大介のTシャツで涙と鼻水を拭った。それから、自分がどうしてそうするのかよくわからないままに、窓辺に駆け寄った。窓の下にリーさんがいた。

リーさんは私に向かってニコッと笑って、手を振った。それから彼は歩き出した。もう、モデルハウスへ行っても、彼には会えないだろう。私にはなぜかそのことがわかった。あのモデルハウスの偽物の暖炉の中で、本物の炎が燃えていることはないだろう。

でも、その炎は今、私の中にあった。私と大介と、お腹の中の赤ん坊を暖めていた。あるいは赤ん坊そのものが炎みたいなもので、私たちを暖め、照らしているのかもしれない。私はバッグを手に取った。その中にずっと忍ばせていた一枚の写真を、大介に見せるために。

塔、あるいはあたらしい筋肉

私は、高い塔の上に住んでいる。
はじめの頃は、降りたくてたまらなかったが、今はもう慣れた。むしろ降りたくない。ここにいれば、耳も目も閉ざしていられる——完全に、というわけにはいかないけれど。とにかく、塔の上まで登ってくるのは夫だけだ。テレビやインターネットや郵便物は見なければいい。電話には出なければいい。留守番電話に吹き込まれるメッセージは聞かなければいい。

それでも、降りていかなければならないときもある。今夜は、夫と一緒に、会食に出席する。若い俳優カップルの仲人を引き受けることになり、打ち合わせを兼ねて四人で食事をする約束なのだ。今、夫はスキャンダルの渦中にあって、それを理由に日程の変更を申し入れることもできただろう。でも、約束通りに出かける、と夫は言った。意地になっているのかもしれないし、こんなことは自分に何の影響も及ぼさない、と証明したいのかもしれないし、実際、彼にとってはたいしたことではないのかもしれない。

　私は二時間かけて支度した。外出するときは和装と決まっている。夫がそれを望むからだ。着物を自分で着るのは造作もないが、髪に時間がかかる。若い頃は外出のたびにヘアサロンに行っていたが、五年前にこの塔の上に引っ越してきてからは、自分でどうにか纏めるようになった。夫も、私の身なりについて、以前ほどはうるさく言わなくなった。お金と人手をいくらかけたところで、「経年劣化」――というのは夫が最近、私に対してよく使う言葉だ――はどうしようもないと思っているのだろうし、簡単に言えば、関心がなくなったのだろう。私は今年五十歳になった。

　インターフォンが鳴り、タクシーが来たことが知らされる。私と夫は部屋を出て、エレベーターに乗り、二十五階から地上まで降りていく。エントランス前に停まっているタクシーに乗り込む。ここまでは問題なく進む。塔の前には警備の人がいて、マスコミの人たちを遠ざけておいてくれるから。

　問題は、イタリアンレストランの前にタクシーが到着したときに起こった。どこから漏れたのか、そこに記者たちが集まって待ち構えていたからだ。私が一緒だということも、あらかじめ知られていたようだった。タクシーを降りるとたちまち取り囲まれたが、彼らは夫よりもむしろ私の話を聞きたがっていた。奥さん、糸川さんと桜谷愛香さんとの熱愛報道についてどう思われますか。ご主人のコメントはご覧になりましたか。桜谷さんに言いたいことはありますか。夫は記者たちを押しのけて店の中に入ってしまい、私は彼らに阻まれて取り残された。お話しすることはありません。どうにかそう答えると、話すことがないってことはないでしょう、とほとんど怒号と言っていい声が投げつけられた。私は恐怖に駆られて小さな隙間をめがけて突進し、通すまいとする人にぶつかってよろめいた。倒れる……と思ったとき、横ざまに抱きかかえられた。

私は半ば仰向けの状態で、私を抱きとめてくれた人の顔を間近に見ることになった。とてもきれいな顔の青年だった。彼は私の体をまっすぐに起こすと、自分が盾になるようにして、記者たちの間を突っ切った。私の前では堅い壁みたいだった記者たちの体は、彼の肩や腕、もしかしたら彼の表情によって、いとも簡単に脇へ押しやられた。私たちは店に入ることができた。夫はクロークのところにいた。ドアのガラスを通して、一部始終を見ていたようだった。

「やあ、ありがとう。助かったよ」

夫は仕事で弁護士の役でも演じるときのように、よく通る声で、私にではなく彼に向かって両手を広げた。

「時間はある？　一緒に食事をしませんか。帰りもホラ、また妻がぼやぼやして、やつらに捕まるかもしれないし……」

「あの人たちは、あそこでずっと待ってるんですか」

青年は夫に聞いた。

「間違いないね」

夫は我が意を得たりというふうに頷いた。

青年は私を見、夫を見、それから再び私を見た。

「食事はご辞退しますが、終わるまでここで待っています」

私にはわかった——帰りに同じことがあったら、夫はまた私を置き去りにするだろうと、青年は考えたに違いない。

「まあまあ。待ってるなら食事しようよ。こんなところで突っ立ってたら店にも迷惑だろう」

夫はそう言って、青年の腕を取った。


いつものように個室が取ってあり、若い女優と男優はもう待っていた。美男美女の組み合わせだったが、彼らと比べても青年は遜色なかった。美しい人たちの中で、私だけがくすんでいた。夫は私より三つ下の四十七歳で、俳優としても、まだまだ輝いている。私もかつては女優を志していた。目の前の女優と同じくらいの年頃だったら、私も彼女と同じくらい美しい、いや、私のほうが美しい、と自惚れられたかもしれない。でも、私は夫と出会って女優になることをあきらめ――自分に正直になるなら、女優になることをあきらめて夫と結婚し――そのあとずっと夫の妻でいた間に、美しさや瑞々しさから見放されてしまった。

「飛び入りのヒーローだよ」

と夫は、青年のことを若いふたりに紹介した。さっき、青年が私を助けてくれたときのことを――私を置いて自分はさっさと店に入ったところは抜かして――話した。ふたりは目を瞠(みは)っていた。そのエピソードにというより、青年の佇まいに。彼はクロークで半ば強制的に黒いコートを脱がされ、今は黒いタートルネックに黒いパンツという姿だった。服はいくらかくたびれていて、このレストランにはそぐわなかったが、それでも彼は清潔に見えたし、凜としたものを発していた。

彼は「リー」と名乗った。少なくとも私たちにはそう聞こえた。夫は彼を「リー君」と呼びはじめた。シャンパンとグラスが五つ運ばれてきた。予約がない飛び入りは店にとって迷惑なことだったろうが、夫は、いつもいろんなところでそうしているように、我を通していた。私と夫、若いふたりが並んで向かい合わせに座り、リーは長方形のテーブルの短い辺にひとりで座ることになったので、まるで彼がホストみたいだった。ホストにしては、無口だったけれど。

結婚式の打ち合わせより先に、リーが話題の中心になった。夫がそう仕向けたのだ。夫のスキャンダルのことは、若いふたりの耳にも届いているはずで、彼らのほうから話題にしないにしても、夫にはバツが悪いことだろう。それで夫は、リーを会食に引っ張り込んで、空気を紛らせる腹だったのだろう。若いふたりもそれは察していただろうが、それ以上にリーへの興味があったかもしれない。夫が質問し、リーが答えて、間もなく私たちはわかった——つまり、彼についてはほとんどなにもわからない、ということが。リーがここにいるのは——「ここ」がレストランの前を指すのか、それとももっと抽象的な意味なのかもわからなかったが——「大事な人を探すため」らしい。それがどういう関係の相手なのか、彼は言わなかったが、恋人だろうと私は思ったし、ほかの人たちもそう思っただろう。そういう表情をリーはしていた。

「ホテルに泊まっているのかい？」

夫が聞いた。「いいえ」とリーは首を振った。

「寝泊まりするところはあるのかい？」

「いいえ」

「じゃあ、うちに来ればいい。その、大事な人が見つかるまでの間だけでいいから、妻のボディガードをしてくれないか。それなりのお礼もさせてもらうよ」

「そんな……ご迷惑よ」

私はそう言って、夫ではなくリーを見た。リーも私を見ていた。リーは私に頷きかけた。

「ありがとうございます。お引き受けします」

おーっと夫は大げさな声を上げて、手を叩いた。本気の申し出ではなかったはずで、まさかリーが引き受けるとは思わなかったのだろう。俺が望めばなんでも意のままになるんだと、あらためて確信したかもしれない。

でも、私にはやっぱりわかった。リーは夫ではなく私のために引き受けてくれたのだ。私が「ご迷惑よ」と言いながら、引き受けてほしい、と思っていることに、リーは気がついていたのだろう。


「これは……タワーマンションですか？」

車を降りると、リーは塔を見上げてそう言った。ひどく驚いているようだった。この数日で急に冷え込んだ十月の、乾いた空気が私たちを包んでいた。

「そうよ。タワーマンションとしてはずいぶん古いほうだけど」

夫が答えないので、私が答えた。夫は、若いふたりと別れて、私たち夫婦とリーだけになると、とたんにリーへの関心を失ったみたいだった。店の人の計らいで通用口から出たので、帰りは記者たちに囲まれることもなくここまで辿り着いていた。

「新しいタワーマンションもあるのですか？」

「ええ、いくつもあるわ」

「いくつも……」

リーはショックを受けた様子だった。

「住んでいる人には、どうやったら会えますか」

「このマンションの住人に？　ホールやエレベーターで偶然会うしかないわね」

リーはさらに何か聞こうとして、あらためて建物を見上げ、納得をしたかあきらめたかしたようだった。さあ入ろう、俺はもう疲れたよ。夫がいらだちを隠さずに言い、私たちはマンションの中に入り、エレベーターに乗り込んだ。

リーを客用寝室に泊めることになった。数年前から夫がそこで寝ていたのだが、リーに明け渡して、自分は私と同じ部屋で寝ることにする、と夫は言った。ほかに空き部屋はないのだからそうするしかないと、今更気づいたようで、そのことであきらかに不機嫌になっていた。

「家の中のことはそこのおばさんに聞いてくれ。俺は先に風呂を使わせてもらうよ」

そう言ってバスルームへ向かおうとした夫は、ふと振り返った。

「いちおう俺の妻だから、手は出さないでくれよ。まあ、こんなおばさんに、そんな気にもならんだろうが……」

私を傷つけることで、夫の不機嫌はいくらか解消されるのだろう。私にとってはいつものことだった。いつもなら、こんなことでは今更傷つかない、と思うこともできたが、この夜はリーがいるせいで、恥ずかしく、つらかった。リーが来るまで夫と別々の寝室で寝ていたことも、夫が私をときどき「おばさん」と呼ぶことも、リーには知られたくなかった。

「夫は有名な俳優なのよ」

私はリーの顔を見ないですむように、キッチンへ向かいながら、そう言った。

「彼には若い恋人がいるの。その人に夢中なのよ。それが記事になって、今、記者たちに追いかけ回されてるの。それで機嫌が悪いのよ」

「あなたはそれでいいんですか」

私が中国茶を盆に載せて戻ってくると、リーは言った。悲しそうな顔だった。

「いいのよ」

と私は言った。だってどうしようもないもの。心の中でそう続けた。リーは、それが聞こえたような顔になった。

「今、お部屋の支度をするわね。それまでそこに掛けてて」

「待って」

リーに呼び止められて、私は振り返った。

「あなたの名前を教えてください」

「清花（さやか）よ」

私は少しびっくりしながら答えた。自分の名前を口にするのも、誰かに聞かれたのも久しぶりだったから。私は長い間ずっと、妻あるいは奥さん、あるいは「おまえ」でしかなかった。

そうして、リーがいる日々がはじまった。

ボディガードとして雇われたとはいっても、私はあいかわらず家にこもっていたから、リーの出番はなかった。彼はただ、新しい家具みたいに家の中にいた。ひっそりとした、やさしい家具だった。

朝、私が寝室から出ていくと、いつでもリーはもうちゃんと服を着て、たいていはリビングの窓辺に立っていた。それから私は朝食を作り、ふたりで食べた。コーヒーを飲み、パンとサラダを少しずつ。私たちが食べ終わり、後片付けが終わった頃、夫が起き出してくる。リーが来る前からそうだったように、夫はシャワーを浴びて身支度をすると、冷蔵庫に入っているオレンジジュースをラッパ飲みして、ほとんどものも言わずに出かけていった。仕事が毎日その時間からあるはずもなく、たぶん恋人の家に行くのだろう。帰ってくるのは基本的に日付が変わってからだった。ずいぶん前から、私にしてみれば夫が毎日律儀に帰ってくることが不思議に思える状態になっていた。リーがいるせいで私は、自分が置かれている状況の異常さにあらためて気づかなければならなくなった。それはつらいことだったけれど、それでもリーの存在はありがたかった。

昼食も、夕食も、私はリーと向かい合って食べた。家の中で食事を共にする人がいるというのは久しぶりのことで、最初はアガってしまった。とくに会話するというのでもなかった——「とてもおいしいです」とリーが言い、「ありがとう」と私が答える、それくらい。でも気詰まりにはならなかった。会話がないことが苦痛になる相手とならない相手とがいる。リーとは、何も喋らなくても、温かいものが通じ合った。結婚してからある時期までの夫もそうだった。

リーはときどき、私に許可を求めて外出した。恋人を探すためだろう。日が暮れると帰ってきた。成果がなかったことが私にもわかったが、彼はさほど消沈した様子でもなかった。

「絶対に見つかると信じているのね」

リーの顔を見ていたら、そんな言葉が自然に私の口から出た。リーはニッコリ笑って頷いた。それで私は、また思い出させられることになった——出会ったばかりの頃、夫は突然私をじっと見つめて「やっと見つけた」と言った。探していたの？　と私が聞くと、うん、ずっと君を探していたような気がする、と彼は真面目な顔で言ったのだった。

ある日私は、リーと外出することになった。その日の朝、夫がめずらしく朝食に同席して、「今夜はストロガノフを食いたいな」と言ったからだ。ストロガノフは私の得意料理で、夫の好物でもあった——そういう時もあった、という話だ。どうして夫が突然ストロガノフのことを思い出したのかはわからない。でも、私は「はい」と答え、定期的に配達されてくる食材の中にはストロガノフの材料はなかったので、買い物に行くことにしたのだ。夫は朝食を食べると、家を出ていった。その日は芝居の稽古があった。「夕方には戻るよ」という夫の言葉も、久しぶりに聞くものだった。

リーと一緒に塔を降りていくのは、奇妙な感じだった。私の足元はふわふわしていたが、それは不安のせいではなく、どちらかといえば浮き立っているせいだった。降りられるわ、と私は思った。今までは、自分が今、塔を降りている——つまり家を出て廊下を歩き、エレベーターに乗って下まで行く——という事実とはべつに、降りられない、と決め込んでいるようなところがあった。でも、リーと一緒だと、自分がちゃんと降りていることが実感できた。

スーパーマーケットまでは歩いていける距離だったが、記者たちにも、私を知っている近所の人たちにも会うのがいやだったので、車で行くことにした。地下駐車場へ行き、うちのBMWの前まで来ると、リーはおもむろにボンネットを二、三回かるく叩いた。

「何してるの？」

「ここは寒いから。動物がエンジンに潜り込んでることがあるから、冬に車に乗るときは、いつもこうします」

私は思わず微笑んだ。

「私も、今度から必ずそうするわ」

そのとき、それこそどこに潜んでいたのか、男がひとり駆け寄ってきた。彼はスマートフォンを私たちのほうへ向けて写真を撮ろうとした。リーが彼の腕を摑むと、「なんだおまえ」とその男は大きな声を出し、リーを蹴ろうとした。リーがまるで舞踏のように動き、次の瞬間には男は腕を後ろ手に捩じ上げられて悲鳴を上げていた。スマートフォンが床に落ちて大きな音を立て、リーは男を捕らえたまま、それを足で蹴って遠くへ飛ばした。リーが男の手を離すと、男は私たちのほうではなくスマートフォンのほうへ駆け寄っていった。その間に私たちは車に乗ることができた。リーは見事にボディガードの役目を果たしたわけだった。それが、リーがうちにいる理由だったにもかかわらず、私は呆気にとられていた。あまりにも見事だったから。

スーパーマーケットに行くのも久しぶりだった。私は気分が高揚して、ストロガノフ以外の材料もいろいろ買い込んでしまった。パンパンに膨らんだ袋をみっつ、リーが車まで運んでくれた。帰りは何事もなく家に戻れた。私はすぐにキッチンに立った。まだ三時を過ぎたところで、夕食の用意をするには早かったが、デザートに洋梨のムースを作るつもりだった。これも夫の好物だ。卵白を泡立てるためにハンドミキサーを出してみたら、長い間使っていなかったせいで動かなかったが、かわりにリーが手動で泡立ててくれた。洋梨を煮るいい香りが家中を満たした。

でも、楽しかったのはしばらくの間だけだった。五時が過ぎ、六時が過ぎ、ストロガノフやサラダやスープの用意がすっかり整っても、夫は帰ってこなかった。七時過ぎに、私は稽古場に電話してみた。もちろん稽古はとっくに終わっていて、役者もスタッフももう誰もそこにはいなかった。それから、ありったけの勇気を出して、夫のスマートフォンに電話した。コール五回で繋がり、「はい」という夫の声が応じて、すぐに切れた。笑えることに、これは私と夫の間で通じる夫婦のルールだった。夫は事故などに遭ったわけではなく、ちゃんと生存していて、でも、今は私と電話では話せない。あるいは、私と電話で話したくない。これはそういうことだった。

「食事にしましょう」

私はリーに言った。リーは何も言わずに、いつものように付き合ってくれた――いつもよりもずっと悲しそうな顔ではあったけれど。ストロガノフも洋梨のムースも、うまく出来上がっていた。以前、よく作っていたときのままの味だった。私と夫だけが、変わってしまった。

どうしてそんなことを思いついたのかはわからない――ただ翌朝、目覚めたときにはもう、その思いつきは私の頭の中にあった。私はワードローブを引っ掻き回して、数少ない外出用の洋服の中から、ずいぶん昔に買ったワンピースとトレンチコートを選んで身につけた。

「今日もお買い物に行きましょう」

朝、夫が出かけると――彼からは前夜の謝罪も、ストロガノフについての言及もなかった――、私はリーに言った。リーは不思議そうな顔をしながらついてきた。再び、私の運転で、街へ出た。行き先はスーパーマーケットではなくて、海外ブランドが詰まった複合ビルだった。

「あなたの服を見立ててあげる」

私はリーを先導してブティックに入った。私はサングラスをかけていたし、俳優・糸川雄生(ゆうせい)の妻として人前に出るときはいつも和服だから――それにそんな機会は年々少なくなっていたから――、今日の私をそれと気がつく人はいなかった。リーに似合いそうなスーツやそれに合うシャツやネクタイを選んで、何が起きているのかさっぱりわからない様子のリーを、試着室へ追い込んだ。

おずおずと出てきたリーを見て、私は息を呑んだ。接客を担当している女店員も、私と同じぽかんとした顔をしていた。あまりにも彼が素敵だったからだ。役者にも、これほど美しくて気品がある人はいないのではないだろうか。背が高い人であることはわかっていたが、スーツを着ると姿勢のよさや、鍛えられた体つきがいっそう強調されていた。

「モデルさんみたいです。モデルさんよりかっこいいです」

女店員が譫言のように呟き、私は彼女に微笑みかけると、もう一着のスーツを手に取った。

「次はこれを着てみてちょうだい」

私はすっかり楽しくなった。そしてその楽しさが懐かしかった。今いるような高級ブランドではなかったけれど、こんなふうに夫の服を選んだことが、以前にあったのだ。リー同様に、当惑した顔を夫もしていた。ふふ、かわいらしいこと。あのときも私は、そう思ったのだった。

ブティックの名入りの大きな紙袋を三つ、リーが両手に提げて、私たちは店を出た。あとはビル内のカフェでお茶でも飲んで、帰るつもりだった。——と、リーが、「あなたは服を買わないんですか」と言った。

「僕も、あなたの服を見立てたいな」

それで、私たちはエスカレーターで一階に降りて、女性向けのブティックが並ぶフロアへ行った。私の足元はまたふわふわしてきた。洋服を買うのは久しぶりのことだった。昔は流行を追いかけて散財したものだったのに。今は呉服屋が反物を持って家まで来る。夫が私に許している唯一の贅沢がそれで、私は着物がきらいではなかったけれど、洋服も着たい、と思っていた。いや違う、もう着物はごめんだ、洋服が着たい、と思っていたのだ。

仕立てのいいワンピースやたっぷりしたパンツや、タイトなシャツの胸元に大ぶりのネックレスをつけて外出したい、と思っていたのだ。

今度は、私が試着室へ入る番だった。自分からいそいそと入ったし、服を選んだのは私自身で、リーは「これとこれなら、どっちがいい？」と私が並べたものを、「こっち」と指差すだけだったけれど（リーは、ファッションというものにはまったく疎いようだった）。試着室から出てきた私を見て、リーは目を輝かせた。すごく素敵だ、と言ってくれた。かつての夫のように。私はブティックを三軒回って、リーに買ったよりもよほどたくさん買ってしまった——全部自分で持とうとしたリーが、紙袋をふたつ、仕方なく私に持たせることになったほどに。最後の一軒で買ったワンピースを、私は試着からそのまま着て帰ることにした。そういう気分だったのだ。夫と一緒にショッピングしたときも、よくそうした。そのままレストランへ行き、ロウソクの灯りだけのテーブルで向かい合うと、夫は頬杖をついて私を見つめ、よく似合ってる、素敵だね、と何度も言ってくれたものだった。

私は浮かれすぎていたのだろう。一方で、冴え冴えと目が覚めたような気分でもあり、たぶんその両方のせいで、気がつかなかった——あるいは気がつこうとしなかったのだろう。私の素性がわからなくても、私とリーとの組み合わせは目立っていた。私は記者のことしか気にしていなかったが、一般の人たちも少なからず私たちに注目していた。そのうちの何人かが、こっそり私たちの写真を撮った。その写真はＳＮＳにアップされ、それを見た人たちの中に、私が誰であるか気がついた人がいた。その人はそのことを、やっぱりＳＮＳにアップした。現在、「不倫熱愛中」の糸川雄生の妻が、自分よりずっと若い美貌の青年と高級ブティックで買い物三昧している写真が、拡散されてしまったのだ。

リーとふたり、家に戻るまで私はそのことを知らなかった。知らされたのは夫によってだった。彼は家で私たちを待ち構えていた。誰かおせっかいな人が、あなたの奥さんのことがＳＮＳで話題になっていますよと、彼に教えたのだろう。

「こりゃまた、どちらの奥様のお帰りですかな」

カラフルなジオメトリック柄のワンピース姿の私を見て、夫は言った。私は黙っていた。数日前までであれば、すぐにあやまっただろう。でも今は、自分があやまるようなことをしたとは思えなかった。だから何を言えばいいのかわからなかった。夫は、私の洋服姿にも、私があやまらないことにも、ショックを受けたようだった。リーとはまた別種の、重厚に整った顔が、悪役を演じるときのように醜く歪んだ。

「俺がこの世で一番みっともないと思っていることを教えてやろうか。いい歳したババアが、色ボケしてはしゃぐことだよ。自分の歳をいくつだと思ってるんだ？　そんな服やそんな男が似合うとでも思ってるのか？」

私はなおも黙っていた。投げつけられた言葉に傷ついていたが、返すべき言葉はやっぱり見つからなかった。私は何を言えばいいのだろう。私はそれを探していた。

「遅まきの反抗というわけか。若い男にちやほやされてヘンなスイッチが入ったのか。わからないのか？　おまえはもう女として終わってるんだよ。終わってるのに、面倒見てやってるんだ。帰ってきたくないのに帰ってきてやってるんだ。俺に恋人がいることが不満なのか？　彼女がいるから、俺はおまえにがまんできるんだよ。おまえがここにいられるのは、彼女のおかげなんだよ」

私の背後にいたリーが前に踏み出そうとした。私は腕でそれを止めた。その動きが、さらに夫を激昂させたようだった。

「わかってると思うが、あんたはクビだ。出てってくれ。約束だから金は払う。そのおばさんからほしいだけ払ってもらえ。おばさんの口座にある金も、元を正せば俺の金だけどな」

言い捨てると夫は足音荒く家を出ていった。夫がいなくなると、口にしなかった言葉の代わりのように、大きな溜息が私の口から漏れた。その溜息に引きずられるように、私はその場にへたり込んでしまった。

「大丈夫ですか」

差し伸べられたリーの腕を取って、私は立ち上がった。リーが腕を引いたので、私はそのまま彼の胸の中にすっぽり入った。リーは私をやわらかく抱きしめ、私は彼の肩に顔を埋めて、しばらくの間そうしていた。ふるえていた足が次第にしっかりしてきて、胸の動悸も治まってきた。私の中には悲しみと悔しさがあったが、それだけではなかった。ほかにもあった。その、私にとってあたらしい感情、あるいは意思が、あたらしい筋肉みたいに自分を支えようとしているのを感じた。

「ありがとう。もう大丈夫よ」

体を離すと、私はリーに言った。

リーは決してお金を受け取ろうとしなかった。

服を買ってもらっただけで十分です、と言った。その服を、結局彼は家に置いたまま、出てきてしまったのだけれど。私もそうだった。買い込んだ新しい洋服は、すべて置いてきた。荷物は最小限にしたからだ。ただ、試着してそのまま身につけたワンピースは脱がなかった。鎧みたいなつもりだった。

「あの時間が楽しかったから、お金をもらったようなものです」

エレベーターの中で、再度私が報酬のことを口にすると、リーは言った。

「それより、清花さんはいいんですか。あの服……どれも、とても似合っていたのに」

「いいの」

リーが私の名前を覚えていてくれたことに感動しながら、私は微笑んだ。

「たぶん私にも、服よりあの時間が重要だったの」

地上に降りると、駐車場へは行かずにマンションの正面ドアから外に出た。リーが手伝うというのを断って、小さなキャリーケースをコロコロと引っ張ってエントランスを進んでいく。

「糸川さん！　奥さん！」

道路の向こうにいた記者たちが駆け寄ってきた。彼らもＳＮＳで、私とリーの写真を見たのかもしれない。

「奥さん、糸川さんとはどうなってるんですか」

「その男性とはどういうご関係なんですか」

「糸川とは、別れます」

あたらしい筋肉のせいで、私の唇はごく自然に、力強く動いた。

「えっ……それは、その男性のためですか」

「その男性って、誰のこと？」

その言葉もごく自然に口から出た。記者たちは狐につままれたような顔になった。実際そのとき、私の背後には誰もいなかったからだ。振り返らなかったが私にはそれがわかっていた。

「これからどうするんですか、奥さん」

「とりあえずは住むところを見つけて、それから弁護士を探します」

そのくらいのお金は、まだ私の口座に残っている。「元を正せば俺の金」と夫は言ったけれど、私には使う権利があるだろう。慰謝料の前払いだと思ってもいい。

私はふと振り返り、長い間自分で自分を閉じ込めていた塔を見上げた。さよなら。私は呟いた。リーに、そして夫に。私が愛していた、私を愛していた夫は、あの塔の中にはいなかった。とっくにいなかったのだ。でも、記憶は私の中にある。その記憶は私のものだ。

――私だけのものだ。

私は口を閉ざした。記者たちは道を開けた。簡単なことだったのだ。私は歩き出せばよかった。

今まで着たことがないコート、あるいは羊

豆屋でパパが倒れた。

創業百五十年だか何だかの老舗の豆屋の店内で、パパは「うわっ！」と叫んだと思ったらガクンと床に膝をついて、そのとき宙を掻いた手がカウンターのカゴに当たって試食用の砂糖がけの豆を盛大にばらまきながら、へなへなと横たわってしまった。ありえない。私はとっさに何の反応もできなくて、店の人も店内にいた客たちもなぜかみんなそれぞれの位置で静止していて、「救急車！」と声を上げたのはそのとき外から入ってきた人だった。

パパ以外の、私を含めて全員が、パパからその人に視線を移した。背が高くて手足が長くて、すごくきれいな顔をした男の人だった。歳は三十代半ばか少し上くらいだろうか。でもこの人、自分がイケメンだってことにあんまり気がついてなさそうだな。私はそう思

った——緊急事態の真っ只中であるにもかかわらず。その人は黒いタートルネックに黒いパンツ、黒いコートという黒ずくめの格好で、お洒落でそうしているというよりは、自分がイケメンであることに無関心なのと同様に、目の前にあるものをただ無造作に身につけてきた、というふうだった。そしてそんなところも、ものすごくカッコよかった。

「救急車は……いいです……結構です……」

パパが言った。顔をひどく歪めて、半身を起こそうとしながら。男の人が駆け寄って、パパの背中を支えた。

「動かないほうがいいです。きっと心臓です」

「いや、大丈夫だから……」

「電話、貸して」

男の人はパパを無視して、私に言った。私は慌ててスマホを取り出して彼に渡した。

「救急車、何番？」

「え？　１１９？」

「あっ。ロック解除してくれますか」

彼は私のスマホで救急車を呼んだ。パパの状態について、彼は落ち着いて、的確に説明した。それから「ここの住所を言って」と私にスマホを返した。私は電話の向こうの人に豆屋の店名を伝えた。

それでわかったことがいくつかあった。この人は、携帯を持っていない。それに救急の番号を知らないし、今自分がいる場所もたぶんちゃんと把握していないのだ。

到着した救急車に、私と一緒に男の人も乗って行くことになった。パパが、そうしてくれるように頼んだのだ。パパはむしろ、私抜きで彼だけについて来てもらいたそうだった。気持ちはわかる。私だってついて行きたくなかったけど、救急車が来たときには周りに結構な数の人が集まっていて、こっそり逃げ出せそうもなかった。パパに同乗を頼まれて、当然そうするつもりだったというふうに了承した男の人も、私が一緒に来ることを疑っていなかった。

「家族の人に連絡したら？」

救急車が走り出すとすぐ、男の人は私に言った。

「ええと……あとで」

私が曖昧に答えると、男の人は悲しそうな顔になった。

「事情があるんだね」

私は頷いた――たしかに「事情」はある。

「あなたをなんて呼べばいいかな」

「春奈です」

「ハルナさん。僕は……」

男の人は名乗ったけれど、私はよく聞き取れなかった。

「リさん？」

聞き取れた部分はそれだけだった。

「うん。リさんでいいよ」

と彼はニッコリ笑った。


着いたのはわりと近い場所にある大学病院だった。

パパはストレッチャーでどこかへ運ばれていき、私たちは呼ばれるまで会計待合所で待っていることになった。

もう午後六時を回っていて、会計カウンターは閉まっていて、だだっ広いその場所に人はポツポツとしかいなかった。私たちと同じような理由で待っている人たちなのだろう。右側が病棟に通じるホールになっていて、そこに大きなクリスマスツリーが立っている。見上げるほど高くて、いろんな色のガラス玉と、雪の結晶のオーナメントで飾られている。電飾もなく、派手ではないけれどきれいだった。

「きれいだね」

私の視線に気がついたらしいリさんが言った。私はとっさに答えられなかった。きれいだけど、見たくないものを見た、という気分になっていたのだ。

「あの……予定とかは、ないんですか」

私は聞いた。この人がここにいるかぎり私は逃げ出せない。それに、もうこの人に横にいてほしくない。リさんに対する私の気分はクリスマスツリーに対するものと似ていた。

「予定はあるけど、大丈夫」

リさんは微笑んだ。私はちょっとびっくりした。彼に「予定がある」ということと、それを口にしたときのきっぱりした口調に。

「予定があるなら、行ってください」

「いや……心配だから」

「予定はすっぽかすんですか」

「約束してるわけじゃないから」

背後で声がした。子猫の鳴き声みたいな声だったから、私もリさんもくるりと振り返った。二列後ろに、ちょうどパパと私の組み合わせと同じくらいの年回り——若いほうは二十代のはじめくらいでその母親と思われるほうは五十代半ばくらい——の女性ふたりがいて、子猫の声みたいなのは、母親が泣いている声だった。娘が母親の肩を抱き寄せて、泣かないでよ、泣かないでよお願い、と今にも泣きそうな声で囁いていた。私たちは急いで元の姿勢に戻った。まったく、なんて場所に私はいるんだろう。豆屋の次がここか。

「ひとりにならないほうがいい」

リさんはさっきより声を潜めて、私に言った。たしかに、彼にここにいてほしくないのと同じくらいに、いてほしいと自分が思っていることに私は気がついた。

「予定って、どんな予定なんですか」

どうしてもそれが知りたい気がして、不躾に私は聞いた。

「人を探してるんだ」

「人？　誰？　どういう人？」

「強くて、かわいい。すばらしい女性だよ」

「恋人？」

「どうかな。恋人……彼女がそう思ってくれているかどうかは、わからない」

「それをたしかめるために探しにきたんですか？」

私はさらにずけずけ聞いたが、リさんは答えを探すようにクリスマスツリーのほうをしばらく眺めた。

「うん、きっとそれもあるね」

彼は、私の質問に答えているというよりは、私がいないみたいに、自分自身に向かって、あるいはどこかにいるその女性に向かって語りかけているみたいだった。

「あなたは彼女を愛してるんですか」

「愛してる」

即答だった。私は胸が痛くなった。なんて晴れやかな、確信に満ちた顔で言うのだろう。

私のスマホの電子音が響く。

さっきから何度か鳴っていたが無視していた。

「いいの？　出なくて。家族じゃないの？」

「うん、いいの。家族じゃない」

私と違って、リさんはそれ以上は聞かなかった。ただ、また、少し悲しそうな顔になっただけだった。

スマホをたしかめるまでもなくわかっていた。「パパ」を見つけるサイトからの通知だ。私のプロフィールを見たパパ候補たちが、「いいね」をつけると通知の音が鳴るのだ。

私の本当のパパは——彼を「パパ」なんて呼んだことはないけれど——倒れたパパのようにお金持ちではなくて、だから仕送りも少なくて、お金持ちのパパの娘たちと同程度の大学生活を送るために、私はかりそめのパパたちと付き合う必要がある。「付き合う」の中身は食事や買い物やカラオケ、そうしてもいいかなと思えるパパだったときや、そうしてもいいかなと思えるお金をパパが提示した場合には、ホテルまで付き合うこともある。倒れたパパも今日、はじめて会ったパパだった。今夜はあのあと、近くのリストランテに行く予定で、その先のこともほのめかされていた。豆屋に入ったのは「ここの豆、妻が好きなんだよね」ということで、家族へのお土産を買うためだった。

「石和庄司さんのご家族のかたー」と呼びかけながら看護師が近づいてきた。パパの名字が「石和」だということを私は知っていたから、「はい！」と教師にあてられたときみたいに手を挙げた。

「ほかのご家族の方はいつ いらっしゃいますか？」

「そんなにやばいんですか？」

答えられなかったから、私は質問に質問で返した。私より少し年上くらいの、いかにも仕事ができそうな感じの女性看護師は、私の言葉遣いに呆れた表情になって、「まだ処置中ですので」と言った。

「この先、ご家族の同意が必要になるので……ほかにご家族はいらっしゃらないんですか？」

「いえ、います、います。あの、パパから連絡できないんですか？」

「今、ご本人から連絡できる状態ではないので、私がここまで来たわけです」

私は頷いた――頷くしかないだろう。ご連絡いただけるんですねと念を押してから、看護師はようやくいなくなった。でも、もちろん、私はパパの家族の連絡先なんか知らない。私が知っているのはパパのスマホの番号だけだ。それももしかしたら、私のような女と付き合うとき専用の端末かもしれない。家族に連絡を取れる端末もパパは持ち歩いているはずだけれど、ロックがかかっているだろうし、それを見ないと家族の連絡先がわからない私は、看護師たちから十分不審に思われるだろう。

「もうやだ」

私は発作的に立ち上がった。

「やだやだやだ。やだあ〜〜〜」

叫びながら走り出した。立ち上がったとき、「パニックになったふりをしてこの場から逃げ出そう」という考えがあったように思う。でも叫んでいると、ふりではなくて自分が本当にパニックになっている気がした。「やだ」というのは本心だった——私の心の中は、いっそ体中は、その言葉でいっぱいだった。パパの容体がやばそうなことより、パパの連絡先がわからないことより、私は私自身がいやだった。私はホールのクリスマスツリーの前を走りぬけ、その先のドアから病院の外に出た。私は本気で逃げていた。自分自身から。

駐車場を抜けてその向こうのトピアリーが並ぶ草地に走り出たとき、後ろから腕を摑まれた。リさんだった。彼が息を切らして何か言おうとするのを遮るように、私は彼に抱きついた。彼は私を抱き返してくれた。

「大丈夫。大丈夫だよ」

元いた場所に私を座らせると、彼は「待ってて」と言ってどこかへ行った。私は放心したようになって、言われた通り待っていた。今こそ逃げ出すチャンスだったのに、そうする気は消えていた。

十五分ほどで彼は戻ってきた。「もう大丈夫」と言う。パパがいる病室に行ってきたらしい。

「あの人の名刺を見つけたよ。会社から家に連絡してもらえる」

家族でもない彼にどうしてそんなことができたのかわからなかったけれど、彼だからできたのだろう、と私は思った。

「ありがとう、ごめんなさい」

「あやまらなくていいよ」

彼はやさしく言った。いつのまにかさっきの母娘はいなくなっていて、その場所にいるのは私たちだけだった。私はそうっと体をずらして、ほんの少しだけ彼によりかかった。すると彼も私のほうに少し体を動かしてくれた。私は彼の肩に頭を乗せた。すると彼は私の肩を抱いてくれた。

彼に触れている部分と、触れていない部分の彼の体との僅かな隙間の空気が、同じくらい熱くなった。私はそんなふうに感じた。その熱さが私を、今まで着たことがないコートみたいに包んだ。そのときふっと辺りの気配が変わった。ホールの照明が一段階落ちたのだ。クリスマスツリーのガラス玉が、さっきよりも煌（きら）めいて見えた。ここはどこだろう、と私は思った。私が今いるのはどこなんだろう。

さっきの看護師があらわれた。少し戸惑ったふうに私たちを見ながら「患者さんに面会できますよ」と言った。私は彼の顔を見た。「行こうよ」と彼は言った。

私たちは看護師の後について、病院内の廊下をぐるぐると歩いた。目的地はわかっているのに、やっぱり、どこへ行くんだろう、と私は感じていた。辿り着いたドアの前には「石和庄司様」というプレートが掛かっていた。石和庄司。あの人は石和庄司という名前なんだ、と私はあらためて考えた。

そこは個室で、ベッドの前には、さっきの母娘より少しずつ年がいったふうな女性がふたりいた。石和さんの妻と娘に違いなかった。振り向いたふたりの顔には泣いた痕があったけれど、今はもう口元がほころんでいた。ふたりの向こうに石和さんの顔があって、気遣わしげに私を見ていた。

「救急車を呼んでくださった方ですか？」

石和さんの奥さんが言った。疑問形だったけれど、すでにそうだと確信している顔で。

「はい」

とりさんは頷いた。それから私の肩に軽く手を置いた。

「ふたりで呼びました。僕ら、ちょうど通りかかったんです」

ベッドの上の石和さんの目が丸くなるのが、私にだけ見えた。

「ありがとうございます、本当に……。危ないところだったらしいです、処置が早かったので助かりました。この人が救急車を呼ばなくていいって言ったのに、呼んでくださったんでしょう？」

奥さんの声は最後のほうで涙声になり、娘さんが奥さんの腕に触れた。その向こうで石和さんがコクコク頷いていた。石和さんが家族に話したのはリさんのことだけで、私はいなかったことになっているのかもしれなかった。

「ごめんなさいね、せっかくのデートだったんでしょう」

奥さんは私に向かって言った。

「全然」

と私は言った。

「ていうか、ずっと待っててくださったんですね、パパの処置が終わるまで」

娘さんが言った。

「心配だったから」

私は言った。これは少し嘘だった——逃げ出すことばかり考えていたのだから。でも今、この病室に来て、泣き笑いみたいな顔でお礼の言葉を重ねるふたりと、ほとんど何も言わないけれどどうやら念みたいなもので私に何か伝えようとしているらしい石和さんを見ているうちに、自分がずっと心配していたみたいな気持ちになっていた。石和さんは私と会ってから約十分後に倒れてしまったから、私は彼のことをほとんど何も知らないけれど、少なくとも、石和さんが今、こうして無事でいてくれてよかったと思い、自分がマジで心の底からそう思っていることにちょっと驚いていた。

「全然」

リさんが言った。私の真似をしたのだとわかったが、使いかたのタイミングとしてはへんだった。石和さんが笑い、続いて奥さんと娘さんが笑い、私も笑った。笑わせるつもりは彼にはなかっただろう。でも、よその国の人だから、言葉のニュアンスまではちゃんと理解してなかったに違いない。みんなの笑い声の中で、彼も笑った。

「ありがとうね、本当に」

石和さんが言った。その口調はパパっぽかった――つまり、サイトで募集するようなパパではなくて、父親っぽかった。

「お大事に。お元気で。さようなら」

私は言った。これもやっぱり、少し奇妙な言葉の並びで、奥さんと娘さんが笑うべきかどうか迷う顔をしたけれど、私が石和さんに伝えたいことの全部だった。

「うん。あなたがたも、お元気で。さようなら」

石和さんは私の気持ちをわかってくれたみたいだった。

病院の外はもう真っ暗だった。

草地に庭園灯が点っていて、点在するトピアリーの輪郭が、見慣れない動物みたいなかたちに暗闇に浮き上がっていた。私たちはその間を縫うように歩いていた。

「あっ」

とリさんが言って空を見上げた。

「雪だ」

小さな白い粒が、ぽつり、ぽつりと落ちてくる。リさんはずっと空を見上げながら歩いていた。

「雪、好きなんですか」

と私はばかみたいな質問をしてしまった――リさんが雪を見ている様子が、あんまり嬉しそうだったから。

「愛する人と一緒に初雪を見ると、想いが叶うんだって」

私は一瞬、どきっとしたけれど、もちろん彼が雪の向こうに見ているのは私ではなかった。

「彼女がそう言ってた。この国ではじめての雪を、彼女もきっと見てる」

草地を抜けて大通りに出る頃、雪は本降りになっていた。彼の黒いコートの肩に薄く雪が降り積もっている。

「こっちに行くと駅。こっちが商店街」

と私は彼に教えた。この辺りも「パパ」たちとよく歩くエリアだ。

「タワーマンションがあるのはどっちのほうかな」

「なんていうマンション？」

リさんは眉を寄せた。「タワーマンション」ということしかわからないようだ。

「あっちにひとつあるけど。有名なのが」

そこに行ってみる、とリさんは言った。

「ありがとう。あなたは駅でいい？　送るよ」

「あ、私も彼女を探すのを手伝いますから」

「え。いや、だめだよ、それは。いつまでかかるかわからないし」

「お礼をしたいの」

「礼をされるようなことはしてないよ」

私たちはしばらく押し問答した。私は引くつもりはなかった——もしかしたら私は彼にお礼をしたいんじゃなくて、ただもう少し一緒にいたいだけなのかもしれないけれど。

「寒いから、歩こう」

最終的に彼はそう言った。

五分後、私たちは「骨つき肉の煮込みの店」の暖かくていい匂いがする店内で、木のテーブルに向かい合っていた。

大通り沿いのその店の看板を見たとたん、自分たちがめちゃくちゃ空腹だということに気がついたのだ。それに実際のところ、寒かった。その店から漏れてくる灯と匂いに、あっさり搦め捕られてしまった。

「ここは私がご馳走します」

私は言った。そんなに高い店じゃなかったし、リさんがメニューをじっと見ながら、口の中でブツブツ計算めいたことをしていたから。

「大丈夫。このくらいなら払えます」

リさんはにっこり笑った。ということは、これ以上だと払えないわけか。

「もしも彼女と会えなかったら、どうするんですか」

「大丈夫。絶対に会うから」

リさんは彼女のことを「愛してる」と言ったときと同じ、晴れやかな、確信に満ちた顔でそう言った。

この店にはツリーはなかった。代わりに壁にオーナメントや電飾で賑やかにクリスマスの飾りつけがしてあった。カウンターも通りに沿った細長いホールも、客で埋まっていた。話し声や笑い声が聞こえてくる。さっきの待合所とは真逆の雰囲気だったが、私はさっきと同じように、この空間にリさんとふたりきりでいるような感じがした。

グラスの赤ワインがふたつ、運ばれてきた。私がねだって、リさんが「一杯だけね」と――たぶん金銭的な理由で――同意してくれたのだ。

「乾杯」

とリさんがグラスを掲げた。

「何に？」

「彼が助かったことに」

ほかに何がある？　というふうにリさんは言った。乾杯。私はグラスを合わせた。聞いたことがないような、透き通った音がした。彼といるとはじめてのことばかり起きる気がする。

「あの人が私の父親じゃないって、いつからわかってたんですか？」

私がそう聞いたのは、料理が運ばれてきた後だった。私は鶏腿肉の白い煮込みで、彼はスペアリブの赤い煮込み。どちらのキャセロールも、まだグツグツと沸騰していた。

「救急車の中で、もうわかっていたかな」

なんでもないことのように彼は言った。そんなに早く。私はちょっとへこんだ。

「私のこと、しょうもない女だと思ったでしょう」

彼は微笑んで首を振った。

「あの人のことを心配して、ずっと待ってたじゃないか」

「それは」

あなたがいたからだよ、と言ってもいいのかどうか私は迷った。そのとき店内の明かりがぱっと消えた。壁の電飾だけがピカピカと瞬く中、ヴァイオリン演奏の「聖しこの夜」が流れてきた。一番奥のテーブルの前で、お店のスタッフらしい男性がヴァイオリンを弾いている。そしてそのテーブルで、男性が女性に何かを渡していた。スタッフと近くのテーブルの人が拍手をし、明かりが点いた。ヴァイオリンの曲が、アップテンポの「ジングルベル」に変わった。

「あれはなんですか」

とリさんが聞いた。

「たぶんプロポーズ」

と私は答えた。

「プロポーズ……そうなのか……」

あれじゃあ断りたくても断れないよね、と私は考えていたけれど口には出さなかった。雪を見上げていたときと同じ顔をリさんはしていたから。

「愛って何なのかな」

言葉は私の口からポロリとこぼれた。リさんは笑ったりせず、考えるふうに眉を寄せた。

「自分の幸せ以上に相手の幸せを願うことかな」

「リさんもそうなの？　自分よりも彼女の幸せを願ってるの？」

リさんは頷いた。

「私には無理。きっと一生、そんな気持ちにはなれない気がする」

リさんは首を振った。それから自分の胸をそっと押さえた。

「愛はここにいる」

「いるの？」

「うん。羊みたいな感じのものだと思う。一匹ずついるんだ、みんなの中に」

「私の中にも？」

「いるよ」

「いるかなあ」

「いる。だからちゃんと世話をしなくちゃだめだ」

私はコクコクと頷いた。さっきのベッドの上の石和さんみたいに。そのとき、微笑んでいたリさんの目が大きく見開かれた。彼は窓の外に目を据えたまま、そろそろと立ち上がった。

それからふらふらと歩き出した。店を出ると、その足取りは次第に早くなった。私は慌てて彼の後を追った。

店の入口から、彼の姿が見えた。彼はもう立ち止まっていた。彼から十メートルくらい離れたところに、女の人が立っていた。雑踏の中でふたりの姿は浮き上がって見えた。

バフ色のコートを着て、白いマフラーの中にロングヘアをたわませた、きれいな女の人だった。女の人は呆然とリさんを見ていた。リさんは、今はもう微笑んでいた。彼女に向かって歩き出した。

ふたりは間近に向き合った。リさんは微笑みを深くして、女の人はあいかわらず呆然としたまま、言葉を交わしている。女の人はリさんを責めているみたいにも見えた。でも、彼女が言い募るほど、リさんの顔はやさしくなった。それから女の人の両手がふわっと広がって、リさんに抱きついた。リさんは彼女を壊れもののように抱きしめて、その肩に顔を埋めた。

雪はしんしんと降っていた。次第に勢いを増し、ふたりの姿はすっかり見えなくなり、私は瞬きをした。ふたりはもう、どこにもいなかった。

私はぼうっとしたまま店内に戻った。テーブルの上には、私のキャセロールとグラスしか載っていなかった。近づいてきた店員に、お会計をお願いしますと私は言った。彼が持ってきたレシートにも、鶏腿肉のシチューとグラスワイン一杯しか記入されていなかった。

私はあらためて窓の外を見た。雪はもう止んでいた。というか、道も建物も、濡れてさえいなかった。街の明かりで水っぽく薄まった紺色の空に、丸い月が出ていた。そのことに私はあまり驚かなかった。私はそっと自分の胸を押さえた。そこに何かがいるのを感じて、そのことのほうに驚いていた。

初出　すべて「小説新潮」掲載

今まで聞いたことがないピアノの音、あるいは羊　2021年12月号
亡き人が注文したテント
（「亡き人が注文したテント、あるいは羊」を改題）　2022年２月号
静かな、もの悲しい、美しい曲　2022年５月号
ポメラニアン探し　2022年４月号
大人へのボート、あるいはお城（「大人へのボート」を改題）　2022年９月号
真木とマキ、あるいはきっと辿り着ける場所　2022年８月号
偽物の暖炉の本物の炎　2022年６月号
塔、あるいはあたらしい筋肉　2022年７月号
今まで着たことがないコート、あるいは羊　2021年３月号

装画　森泉岳土

著者紹介

1961年東京生れ。成蹊大学文学部卒。1989年「わたしのヌレエフ」でフェミナ賞、2004年『潤一』で島清恋愛文学賞、2008年『切羽へ』で直木賞、2011年『そこへ行くな』で中央公論文芸賞、2016年『赤へ』で柴田錬三郎賞、2018年『その話は今日はやめておきましょう』で織田作之助賞を受賞。他の作品に『もう切るわ』『ひどい感じ　父・井上光晴』『夜を着る』『キャベツ炒めに捧ぐ』『リストランテ アモーレ』『あちらにいる鬼』『あたしたち、海へ』『そこにはいない男たちについて』『百合中毒』『生皮　あるセクシャルハラスメントの光景』『小説家の一日』などがある。

僕(ぼく)の女(おんな)を探(さが)しているんだ

発　行……2023年 2 月 20 日

著　者……井上荒野(いのうえあれの)
発行者……佐藤隆信
発行所……株式会社新潮社
〒162-8711　東京都新宿区矢来町71
電　話　編集部03-3266-5411
　　　　読者係03-3266-5111
https://www.shinchosha.co.jp
装　幀……新潮社装幀室
印刷所……大日本印刷株式会社
製本所……加藤製本株式会社
乱丁・落丁本は、ご面倒ですが小社読者係宛お送り下さい。
送料小社負担にてお取替え致します。
価格はカバーに表示してあります。

ISBN978-4-10-473106-0 C0093